拜德雅
Paideia

艺术小书

Vor Bildern

观画

瓦尔泽艺术札记

[瑞士] 罗伯特·瓦尔泽 著
陈思然 译

上海社会科学院出版社

目 录

003　一位画家
035　《阿波罗与戴安娜》
037　梵·高的画
042　关于梵·高《阿尔勒的女人》
045　《一位女士的肖像》
049　《梦》(一)
052　水彩画
057　霍德勒的山毛榉林
061　比利时艺术展
070　勃鲁盖尔的画
077　灾　难
080　扫罗与大卫(二)
087　迪亚兹的森林
091　艺术家
094　奥林匹亚

103 来吧,可爱的、崭新的、清新的、美丽的

      关于一位画家的故事

105 画家卡尔·施陶费尔-贝恩生命中的一幕

112 除众多题材之外,他还画了他的女主人

117 比亚兹莱

121 华托的一幕短剧

131 华　托

136 弗拉戈纳尔的一幅画(草稿)

140 吻(三)

145 关于一幅画的探讨

149 关于塞尚的随想

157 文章来源

161 译后记

卡尔·瓦尔泽（Karl Walser）
《伯爵夫人》｜ 1904 年

此画及《诗人》一画系收录于罗伯特·瓦尔泽的《弗里茨·科赫尔随笔集》（*Fritz Kochers Aufsätze*）中《一位画家》一文的插图。

一位画家

这几页原本来自一位画家的笔记本,之所以落入我手,正所谓纯属偶然。在我看来它们并非那么无足轻重,因而我颇有信心将其公之于世。当然,对于其中表达的艺术观点,大家可能会有不同的看法。但这并不是最重要的,重要的是字里行间夹杂的其他东西,这些纸页中包含的纯粹人性才是更有意义的部分,真正值得一读。

这大概会是一部日记或私人笔记。当写满这些纸页之后,我将把它们烧掉。如果它们偶然幸存下来,多半会落入某个好奇的长舌作家手中;这与我何干?我对这个世界毫不关心,对人类、对这几篇札记也是一样。我只为自娱自乐而写,从作画的间隙攫取片刻时间,就像个小偷,像个顽劣的无赖；我一贯喜欢恶作剧。而这种书写是多么无伤大雅又无足轻重的恶作剧啊！从我的精神、我的艺术见解和我的灵魂当中，我撷取片段寄存其间，就像把它们放在一个小小的、朴素的祭坛之上——且让我这么说吧！有何不可呢？况且对于画家的手来说，写作是一种愉悦的节奏变化，何不让我的手好好享受这变化？几个星期以来，我一直待在这座别墅，在深山之中，冷杉林荫蔽之下，在亲爱的、孤独的岩壁之间。整天——几乎整整一个星期——都被雾霭笼罩。在这里，除非是大晴天，否则雾永远不会完全消散。我喜欢雾，就像我喜欢一切湿润、冰冷、无色的东西一样。我从来不需要去渴望更多色彩，因为早在童年的时候，我就在几乎没有色彩的地方看到了色彩，始终如此。所以我从来不理解那些艺术家们对阳光明媚、色彩斑斓的南方国度的向往。对我而言，灰色始终是最可爱、最优雅、最甜美的颜色之一，而这群山之中到处都是灰色，让我心醉神迷。甚至这里的绿色都像是灰色：冷杉！我无法表达我有多么喜欢这些神圣的冷杉。然后是雾！我常常四处游荡，就是为了看看能不能比它游荡得更远。它升起、落下、绵延、踱行、倏地飘向一侧，无比壮观。就像白色的蛇！但诗人是永远不会这么说的，只有画家才可以。我成不了诗人，因为我太爱大自然了，并且：我只爱她。而诗人的要务应该是述说世界与人类。在描述自然这方面他永远不及画家，这没有办法。画笔总是会打败哪怕最精妙的遣词造句，而这不失为一件好事。每一种艺术都应该也必须有它的局限性，以使它们不致互相吞噬。我打算在这些纸页上毫无顾虑地自言自语，但此刻当我继续写下去的时候，我感觉到身上有一种——我自己也不清楚——对我所写之事的某种无法摆脱的责任感。这是写作本身所固有的，还是只有我自己才会有这种感觉？好吧，我一定会找到答案的。每件事都自有其特殊的意义，而每种意义又自有它的条件！这着实古怪。

我住的这座别墅并非我所有。噢，不，它属于一位伯爵夫人，一位我在首都所结识的极其善良、高贵的女士。她也喜欢寂静，喜欢幽闭山谷的孤独，喜欢山间的空气，喜欢冷杉和雾霭的气息。她住在这里，我觉得自己几乎像是她的囚犯。这种感觉，真是奇异地撩人心痒！我在穷困潦倒的时候遇到她，或者说是她遇到了我。她立刻对我身上的艺术家气质爱慕不已，劝我离开城市，跟随她去山里，而我毫不犹豫地这么做了。对此我从未后悔过。况且我从不为任何事情后悔，因为我知道，任何事物当中都可以产生一些特别的，甚至常常是美丽的东西。我并不渴望回到城市，已经远离了那些心绪。我人在哪里，就在那里创作，我在哪里创作，那里就是我唯一的所在。所以最能让我心无旁骛地画画的地方，就是我觉得最自在的地方。我所有的画作，无一例外都属于伯爵夫人。而她则供给我一切生活所需——这是怎样的一种生活！她的教养、她的品味、她的心灵确保了我在她身边的日子永远都是舒心的。还有比这更好的契约吗？况且我可以想走就走，不受任何约束。但约束我的是这里的一切：大自然、无忧无虑、艺术，还有家的感觉。所以，我说自己活得就像是伯爵夫人的一名囚犯，是不是并非没有道理？那伯爵夫人呢？说来真是奇怪，在我看来，一切都与她有关：这一方水土、群峰、云飞雾卷的山谷、冷杉林，一切——所有的一切似乎都仰赖她而生息，她是一切的主宰。一切都属于她。至少我的大脑喜欢这样想象。也许我之所以会有这种感受，是因她一贯对待我和我的作品时的那种善意、温柔与尊重。因为知道自己受保护、受珍惜，我很容易、几乎是理所当然地把她看作我生命的统治者，这样的感觉让我很惬意。她是以何等的善意接纳了我这样一个人，那时还在最悲惨和最肮脏的地方苟活，在那个大城市——在那里，自由和被流放*往往是一个意思；那里无数人的悲愁成就了少数人光鲜的幸福；那里的艺术家不是丢掉了生命就是牺牲了他的艺术；在那里，高贵的品质和高尚的情感衣衫褴褛，而粗鄙无耻的罪恶却安居宫殿之中。不，我全然属于我的伯爵夫人。哪怕她要用更狠心的方式利用我的这片赤诚，我也依然属于她，心甘情愿！但她的所求太少了！她对艺术是如此崇敬，以至于她对艺术家除了恭敬以待，别无他想。她对我最小、最轻、最不经意的举动，从来都是高贵而优美的。只有一个女人能做到这样。真的，我深信不疑，只有她能做到这样。

名望对我来说毫无所谓，因为我对于人类及其癖好再熟悉不过，美好和不堪在他们的言谈中并无区别。大众是毫无判断力的，而这只是更广泛地反映出那些受过教育的人也毫无判断力。尤

---

* Vogelfreiheit，原意指被剥夺人权。——译注（如无特殊说明，注释均为译注）

其是在艺术问题上，两方都极度缺乏可靠的判断，我们的艺术家有多么缺乏素养也就不足为奇了。艺术受众或许很浮躁，而艺术家的浮躁更甚。这关我什么事！我不是来这儿建立秩序的，这里大概也永远不会有秩序。在艺术鉴赏者和艺术家之中也存在着美好的例外，但在大多数情况下，他们都安静寡言，很少主动开口，以此表明他们无意发挥任何影响力。他们非常清楚，由影响力而新增的谬误太多、带来的进步太少。所以名望对我来说完全无关紧要。我乐意出名，但只愿在更强大、更高贵的族类中闻名！名望是一种美妙的、神圣的东西，但它若是被叫卖出来而非被授予的，它就失去了价值。好了，说得够多了。——我的绘画创作已经脱离了对名望与褒扬的嗜好和渴求。我过着无忧无虑的生活，不必对明天有任何恐惧；所以褒扬对我来说有什么用呢？无论我是为成千上万人而画，还是只为一个人而画，对我创作的实质都毫无影响。画画就是画画，是为许多双眼睛而画还是只为一双眼睛而画，实在是无所谓的事情。我首先是为了自己的眼睛而画。倘若不许我画画，我可能早就连眼睛都没有了。我知道这话说得有些过激，但我就是想要激烈地表达自己的意思。伯爵夫人越来越喜欢我的画。能为一个人强烈、巨大的喜悦而作画，远比为一群人众口难调、莫衷一是、盲目轻浮的喜悦而作画要美好得多。再加上伯爵夫人的确是最敏锐的艺术鉴赏家。她理解并感受到了绘画的全部使命。她常常以一种同情关注着我画笔的一举一动，仿佛有一条生命悬于其上。每当完成一幅新画，她的灵魂就为此充满了最天真的喜悦。她明白，那些在我笔下得以完成的画作，都是我胸有成竹的满意与成功之作。因此，她可以放心地交出她的喜悦。我多么爱她——为了她那细腻的感受。只有美好的人，才能对美好的事物享有如此由衷的喜悦。那么，我的画作美吗？是的，它们是美的！我可以也必须这样告诉自己。如果心中没有这个信念，我就一刻也不想继续画下去了。此外我也意识到，我有一种脆弱得近乎病态的谦虚。这让我放心了。再者，伯爵夫人的艺术品味是如此超绝，它断不会被懦弱、笨拙的欺骗所蒙蔽。显而易见，我的"名利心"是用在何处。

我画些什么？无非是些肖像，大自然和人类的画像，精确得不失毫厘。我不喜欢用画笔来吟诗、虚构、想象或叙事。这有违我的性情和品味。

不然我们还要诗人做什么？不，我所追求的是最忠实地呈现自然：我的灵魂（它就端坐在我眼睛的最前方）看到她是何种形象，我就以何种形象呈现她；她原本面目如何，我所看到的就是如何。仅此而已。而这其中已经包含了太多。你也可以称之为想象。当我试图去看的时候，我也的确在想象：用我的眼睛去想象。最重要的是：我的智识与我的绘画没有任何关系，或者只有极少的关系。我让我的情感、我的本能、我的品味、我的感官来作画。艺术智识对学习很有好处，可以借以习得艺术的规则：学生们就是以智识来创作的。但在这一方面，我和其他人所知都差不多。你大概以为，我一定是常常待在大自然中，甚至时时拿着素描本！那你就错了。我已经不怎么观看自然了，至少，我几乎不用画家的眼睛去看。我已经看饱了，甚至看得快病了。因为我爱她，所以我在尽可能地躲避她危险的视线，那会立刻麻痹我的创作兴致。我能做的，也是必须要做的，就是在自己的记忆当中让第二个自然重生（她得与第一个也是唯一的那个自然尽可能相似）：为我的画面而重生的自然。这其中就存在我的想象。我的想象显然是自然的奴隶，如果它本身并非自然的话。我的脑海中存有我现在和未来的全部画作。峭壁、沟壑、山谷、山谷中的景色、闪闪发光的湖泊、河流、雾气的腾卷变幻、冷杉林的姿态,我在大自然中见到的一切,我如此难以言表、如此深沉地爱着的一切——所有的这些,都在我的想象中再次闪烁着、沸腾着、安放着、延伸着。所以,不要再说肖像画家不使用他们的想象力。他们的想象,也许比所有的历史画、场景画和叙事画的画家全部加在一起还要更鲜活、更强大、更真挚。除了用于改进我的笔法之外,我不屑于给我的想象力安排其他任何任务。一个画家对他自己的创作有多尊重都不为过。在我看来,最重要的,是一幅画当中包含多少对自然微妙的再现,换言之——包含多少浓缩的自然。那些用画笔粗暴地作诗的画家(他们流行称之为想象),我可以微笑着容忍他们的存在,但我并不欣赏他们,因为他们不了解自己的艺术。这里需要的不是那种外在的想象,而是内在的想象。前者是对于造型泛泛的、浅薄的想象,后者是对于色彩深沉的、有感而发的想象。

画家是一个人,手中握着画笔。画笔上是颜料。颜料是根据他的品味选择的。在他注视着、感知着的眼睛指挥之下,他用那只手来引导画笔。他既用它来草描，也用它来绘画。画笔的毛发通常是非常锋利和细密的，但更锋利和细密的是画家的勤勉，他的感官——所有急切、兴奋的感官都在这勤勉当中合作无间。一个人越是严谨、可靠，他就越会是一个优秀的画家。高尚、优雅的情操在笔触当中能得到美妙的表达。放荡懒散的人画起画来也是放荡懒散的，他们的画技可以无比高超，但绝画不出伟大的作品。谦和有礼的人往往会以更深思熟虑的品味，更审慎地选择他的颜色。难怪最礼貌、最殷勤的人——法国人——当中，产生着或者曾经产生过最重要的画家。鲁莽和狂妄永远无法成就一幅绘画。世上每一位伟大的画家，无不是从容、沉静、慎思、聪慧和极有教养的。既不要考虑得太久，也不能完全不作考虑，这样才能作出一幅好画。忠于自然，甚至在她微笑的蔑视面前依然忠于她，而对一切急于介入之物保持冷漠与惊奇：那就是颜料罐，调色板——那甜蜜、永恒的色彩所在之处。大多数历代大师的画作当中，有着何等的安宁、何等的静穆、何等的克制——因而那是何等的自然！自然界虽然充满了生机，但从不兴奋。阳光高照，花叶摇曳，树冠静卧着，岩石耸立着，鸟儿的歌唱响彻四野——而这一切都是多么冷酷。大自然中没有温暖，只有人类——充满恐惧、永远心怀热望的人类——自以为能感受到温暖。诗人们为我们呈现了多少可爱的谎言！诗人根本就对自然知之极少，他们很少了解它，也不想去了解。他们大多都是些老顽固。画家这一行则需要更加细致入微的观察。正是大自然的冷漠、刚硬，往往激励着画家运用他最炙热、最耀眼的色彩。这意味着要抖擞精神，要以冷酷直面冷酷。只要艺术需要，以最大的亲切、真挚和温暖来保持冷酷也是可以的。所有伟大的画家都谙熟此道，他们每个人都必须学会这一技巧。这在他们的作品当中显露无遗。绘画是冷酷的艺术，是智慧的艺术，是观察和沉思的艺术，是深刻的感觉剖析的艺术。品味难道不就是被剖析的感受、被分解的知觉吗？而除了品味，又能用什么来作画呢？难道一个人的色彩感和嗅觉不是紧密相连的吗？一种特定的气味不是总能唤起人们对某种色彩的印象吗？

我可以像是品尝一道精致的菜肴或是一朵芬芳醉人的花朵一样，品尝对那一抹尤为美丽的色彩的想象。多么甜蜜、奇特的享受！我尽可能不去碰它——它会将我毁灭。所有的感官不都是经由奇妙的通道彼此连接的吗？在画画的过程中，我的眼里和心里都仅有一件事，那就是完成这幅画。当然，还有监督我的手腕——它常常想要打瞌睡。要掌控一只手可并不容易。手往往是顽固意志的所在，必须先将其打破。通过引入一种果决而又温和的意志，手可以变得惊人地恭顺、柔软和驯服。它身上的反骨已经被折断，于是就像一个奇异的、有才能的仆从一样劳作，一天比一天强壮、一天比一天细致。眼睛就像一只猛禽，看得见最细微的异动。但是，手也害怕眼睛，它永远受其折磨。我自己都不知道，在画画的过程中我处于何种心境。一个人在创作的时候是彻底无我、毫无感觉的。只有在停下来打量刚刚完成的工作时，我才常常察觉到自己正因内心的幸福而颤抖。那是一种我从未在别处得到的满足感，让我有信心继续创作下去，几乎让我欣喜若狂。因此我尽可能少休息。它太危险了，甚至是致命的！在我创作的过程当中，我并没有真正明确地意识到自己正在完成的是什么。一切都发生在一种陌生意识的支配之下，它主动地来到我身边，包裹着我。这就是为什么正在创作过程中的创作者并谈不上幸福。只有在事后，他才感受到那一欣喜若狂、无忧无虑状态的柔和、甜蜜的余韵。狂喜与幸福并不一样。只有毫无感觉的人才是幸福的，就像大自然一样。而那些被太多感觉冲昏了头脑的，也和没有感觉一样！——我是怎样作画的呢，这我说不出来，因为我是在一种陌生的状态下进行的。关于"如何作画"这个问题，只能画出来，不能说出来。我用完成的作品展示我如何作画，至于未完成的作品则从不离开我的手。我常常在模糊的记忆当中感觉到，使用一种尤为钟爱的颜色，必曾给我带来过怎样的快乐。然后我笨拙地试图去重现那一姿势、那道笔触和手法，但很少成功。当我创造出真正有魅力、有力量的作品时，事后几乎从不记得是如何做到的。尤其是冷杉，我常常能把它们画得令人惊叹，一见倾心。冷杉是如此地深入我的记忆、我的灵魂。我常常希望（这种愿望相当病态）能画出它们的气味。尽管我是一个画家，但绘画常常——甚至极为经常地——对我产生着某种神奇的、鬼魅般的、无法理解的影响。也许，这只不过是因为我对其他的激情一无所知罢了。

我画画的时候，伯爵夫人也经常伴在一旁。我丝毫不会注意她的存在，她也不要求我这样做。为什么这位女士会比那些杰出的男人们更懂得如何稳重、合宜地行事呢？她撑着她那美丽而智慧的头颅，一言不发地坐在扶手椅上，密切地观察着我和我的工作。即使在我停下来休息的时候，她也不敢说话——她的思虑就是如此温柔，她对待一个创作中的艺术家就是如此体贴。我似乎有一个习惯，作画的时候常会时不时地发笑，当我不满自己的表现时，我会讥讽冷笑；当有让我高兴的理由时，我也会高兴地笑。她只在事后轻描淡写地提到过一次，除此之外从不谈起。她对我有同理心，这毫无疑问；而她的同理心是始终不断地与我保持同步的，这一点更是毫无疑问。因此，她的存在，必然为我形成了某种半可察觉、半不可察觉的隐约背景。这背景是舒适的，因为它并不打扰我。它在这儿，就像几乎不存在的事物一样，像是和煦的阳光，或是一束芬芳的花朵。每当工作完毕，我们便无拘无束地交谈。感觉就像从重压之下解脱出来，为能重获轻松而高兴。她对艺术的态度，就和我这个实践者艺术家一样严肃。是我的——我的艺术，她才会如此礼遇和善待！这种想法多么怡人地在我的血管里流淌！当我画毕搁笔，她也大大松了一口气，甚至比我自己还要更高兴。这看上去该是多么令人愉悦！我们互相探讨我画中的一切精彩和不足之处。她几乎总是只看到值得称赞的、美丽的、迷人的地方。她对贬抑比对赞美更谨慎：这是一种与她相称的美妙品质。她知道我总在无情地批评自己。她觉得用赞美来使我振作，比用贬抑来使我倦怠要更美好、更合宜。噢，她是多么理解诚实的创作者！更重要的是，她对待一切的态度都是那么从容自在，那么轻松、智慧、妥当。她与一切浮夸无度绝缘——那让艺术品显得虚荣幼稚，也总是让其主人显得愚蠢和惹人厌。之后，我们去花园里或是去景色优美的周边散步。她爱我所爱的一切，我也加倍爱她所爱的一切。我们从不争吵，虽然我们也常有分歧。我很高兴不用多说话，因为我的思绪常常被各种印象所萦绕。她不仅猜到了这一点，还对这一点了然于心。为了不让我疲于应付，她宁可大胆而大度地放弃一个巧妙的话题转换；是啊，有时她刚刚看到我一副恼火和出神的样子，就把才出口的话又咽了下去。一个出色的、勇敢的女人！我们之间有一种默契、一种共识，这更多地要归功于常常警醒、善于倾听的她，而不是性情急躁的我。

就像我喜欢灰色一样，我也迷恋阳光灿烂的

风景。我竭力把太阳画得尽可能的冰冷：柔和的、懒洋洋的，但冰冷。这带来了一些神奇的、真正像阳光的东西。没有什么比被阳光通体震颤、通体刺透的树木更可爱的了，尤其是栗树。噢，我多么喜欢这些树！我多么喜欢阳光，因为它是那么柔和，那么慵懒，那么甜蜜！我画了一座河边的磨坊，那是我的呕心沥血之作，也是我最成功的作品之一。正在进行中的画作是一座废墟——一个壮美的主题。每个主题都急不可耐地要取代另一个主题，而我画得又这么慢，这往往非常可怕。为什么艺术家要如此拼命？这是一种执念吗，还是疯狂？我真的不知道。但现在，我的主要任务是画伯爵夫人，这着实让我非常不安。我对自己的能力没有把握吗？当然不是，我有十足的把握！但这可是她的画像，一个女人——一个……一个几乎被爱着的女人的画像！况且，这将是我的第一幅人物绘画。到目前为止，我对描绘自然的画作更有信心，或许因为我觉得自己更擅长这些。但没办法，眼下必须要一试究竟，我再也忍不了这可恶的不确定性了。别担心。有什么可担心呢？伯爵夫人会坐在那儿，就像一个腿上放着一本连环画的孩子一样，一动不动；而我呢——我在画画。而且肯定画得很成功！我怎么可能在担心呢！——我会把她画得很美，比任何风景画都要美、都要细致。比如说,我是多么期待画她的手！她的双手！一想到这，一种全然颤抖着、羞怯的喜悦攫住了我。她的手，这是她高贵美德的体现，它们是如此修长，手指的分支带着稚气未脱的简洁，和其他的女人们截然不同！没错，我会把它们画好的。我讨厌一切预示，一切预知！小子，如果你够胆的话，就坦荡地迎接一切吧。这帮了我一把。偶尔我也得狠狠把自己冷嘲热讽一番，好让自己清醒清醒。——赶在晚饭之前，我还在岩壁周围转了一圈。这对我有好处。但我走着走着忽然产生了一种感觉，仿佛我不再是之前那个人了，变成了完全不同的另一个人，这是怎么回事？这根本就是一派胡言乱语！——冷杉是如何向我诉说的，噢，那些可爱的冷杉！我的画中总少不了它们：冷杉！时而在明亮的、若隐若现的阳光下，时而在雾中，时而是在它们最深沉、最动人的时候：既不被阳光也不被晦暗所笼罩，仅仅是冷杉本身，连一道影子也没有投下。——我摘下几朵漂亮的花儿，把它们扎成一束，然后匆忙下山，朝家中走去。她喜欢花，喜欢从我手中接过花，那么，我何不给她献上这样的殷勤呢？我喜欢借机表现我对她的喜爱。我不是多少还欠她的人情吗？我忍不住觉得好笑。

彼处是冷漠的、纹丝不动的物体（无论是自然、人物或是想象中的事物），此处是乱糟糟的各色颜料，在这两者之间是颤抖的、掌控着却又无法掌控的手，以及那充满渴望的、吃力地想要制服自己并驾驭自己的眼睛：这就是画家永远逃脱不掉的命运。一场循环往复的战斗。——我已经完成了伯爵夫人的肖像，看起来总算是成功的。我像一条被打趴的狗一样疲惫，对此我并不惊讶。这幅画是在短得惊人的时间里完成的。与其说我是把它画出来的，不如说是把它挥掷出来的更恰当。我心中涌起的是何种恶魔般的精神！但我现在精疲力竭。我还在脑海中继续不断地作画，这状态骇人至极！整整一夜，在可怕的狂梦当中，我仍在继续作画。今晚我干脆不睡了，我要喝酒！去他的！伯爵夫人——她是一个多么非凡的女人！她不知疲倦地坐在那儿，从早到晚。我把她画成半坐半卧的姿势，身着我最喜欢看她穿的衣裳。她先是让我选。我自然是让她按自己的品味选择，她品味很好，同时不自觉地把我的品味也一并照顾到了。灰色——它在女性的身上显得格外华美，以及我全心喜爱的黄棕色。她冷冷地直视前方，一动不动。我分明感觉到，这并不是她第一次坐在画家的画室里。我作画时，就像是一个站在神迹面前的可怜鬼。然后幸而，我总算也冷静了下来，随后，就所谓地"进入状态"了。接着我就像一个被绝望攫取的人，画下了她那双冷漠得绝望的眼睛。她有着那样的眼睛……噢！手画得很顺利，它们是这幅画中最好的部分。画手之所以对我来说很容易，是因为我已经透彻地研究过自己的手了。无论每只手各自有着何种与众不同的鲜明特点，它们在大致的外表上看来都相差无几。在她美丽的纤足之下，放着一块蓝灰色的地毯。一块厚实、柔软、纯色的地毯，在画面中看起来相当不错。画中的眼睛还没有完成，也不应被完成。我已经无法把它们画得比这更好了。她在已经画毕的这件东西面前伫立许久，什么也没说，随后默默地、充满感情地向我伸出了手。很久以后她告诉我，这幅画真的就是她。她现在经常久久地站在这幅画面前，看着它，仿佛在看一件与她并不相关的陌生事物。我知道，她现在只把它看成一件艺术品。这个女人是如此伟大，我的努力已经因此得偿。

画面中的那束花让她感动得泪流满面。这是一束再普通不过的花束，我也尽可能地把它画得极其普通。但也许正是因为它所呈现的这种状态，才会如此打动她。这幅画唯一的缺憾，就是它出自我之手，而不是另一位比我更好的画家。

昨天，一位患病的诗人来到这里。他仿佛已经遍尝世间所有的恶习，却仍像个孩子一样纯真。他的诗举世闻名，而他自己却是个被世界遗弃的人。多么奇怪、残忍的命运！伯爵夫人是他作品的狂热崇拜者和爱好者，她把他叫到这里来，让他至少能体面、平静地死去。他的诗的确极为出色，其中有着他对生活最细腻、最精确的重现——无论是周遭喧嚣的外在生活，还是灵魂深处沉静、叹息的生活。对于一个诗人来说，还有什么比这更好的作品吗？他还那么年轻，这个可怜的、堕落的家伙！我多么喜欢他，这个一头金发、天真无邪、沉湎于梦幻的人！他有一双多么奇妙的闪闪发光的眼睛！他身上的一切都在怎样地闪烁着、怎样地哀叹着！一个彻头彻尾、名副其实的诗人——既美好又令人厌恶。可怜的小伙子！他在这里拥有一切行事自由。想喝多少酒就喝多少。死亡已经就在他的眼前，为什么要让这个过程变得艰辛，为何让最后这些无辜的快乐变得苦涩？就这一点而言，伯爵夫人是最崇高、最无私的慈善家。当他喝醉的时候就会跳舞，移动着他那残废的身体，焕发出迷人的活力。他的动作有一种奇特的、深思熟虑的风雅。他身体的俯仰和弯折似是音韵和谐的诗句。只有诗人才能像这样舞蹈！他的双臂、双手和双脚所奏出的乐声，是人们用耳朵绝听不到的，只有用眼睛才能看到。他舞蹈中断的时刻是令人痛苦的，因为那时在你面前出现的，又是一个面目全非的病人。是他的舞蹈让人完全忘记了这一点。美是如何让运动变得高贵，运动又是如何让人变得高贵！伯爵夫人也目睹了他奇特的表演，并为之深深感动。这是昨天午夜时分的事。诗人早上才刚到，当晚就已经让我们一窥他最深处的灵魂：诗人们是如此天真和美好！此刻，当我正在写下这段文字的时候，他就在我身边，望着窗外：望向雨中，望向广袤的、渐渐倚坡而下的风景，望向冷杉林和轻柔、缭绕、呢喃低语的雾。他凝视着，凝视着。他一定很喜欢这一切——窗外上演的这部无声、伤感的默剧。也许甚至安慰着他，这位垂死之人。阳光和闪烁的色彩可能只会让他感到悲伤。也许他还能在这里写点什么！

我要画他，画出他此时此刻的样子，就以同样的姿势凝视着窗外。我将有机会让冷杉们从窗外向内窥视。他就这样看着窗外，它们就这样看着窗内。赶在新的印象把这个想法从我这儿偷走之前，我得立刻开始动笔。

诗人的肖像已经画好了，我深信，这是我最好的作品。此前的所有画作当中，没有任何一幅中的自然是如此不言自明。然而我都是凭着记忆来画的，只是为了准确地描绘诗人的面部特征，我得让他坐下一阵、让我画几张速写。这就是一个明证：我的想象完全只是大自然忠诚的奴仆和再现，是大自然本身！我的色彩感是如此不假思索地做出选择，就像是大自然自己。我对此并不感到奇怪，对于一个像我一样，眼里始终只有自然的人而言……没错，这是必然的，不可能有其他结果。我现在对自己、对我的品味和我的才华完全确信了。——诗人苍白的病容，给了我机会来使用我最喜欢、对我最忠诚的颜色。我用很简单的方式施用了它们，对待起它们来骄傲又冷酷。如此矛盾：深爱着某个事物、为它神魂颠倒，却又不得不表现得冷酷、抗拒！掌握了这样一门技艺：这其中就包含了绘画的全部巫术。当然，前提是

卡尔·瓦尔泽
《诗人》 | 1904 年

要有卓越的天资、绝对的才华和精心培养的品味。用火热的整个灵魂去爱一种颜色,但仍然心怀这样一种愿望,想要与它尽可能地保持疏远和陌生。因为色彩会将你围困!这种甜蜜的侵袭会使一幅画作腐坏,你必须要学会冷酷无情地拒绝它。但与此同时,你又必须在这些甜蜜之物面前为其甜蜜而颤抖,为能够尽其所用而感到无限的喜悦——面对伟大的艺术,走好这条感受的钢丝是必不可少的。伟大的艺术处于伟大的歧路之上,正如最动人的神韵往往栖身于扭曲之中。——诗人的头和伯爵夫人的头形成了多么鲜明的对比!这两幅画并排挂在一起。一边是最哀痛的凋零,另一边是最美丽、最坚不可摧的健康。嘴唇、脸颊、眼睛都有着天壤之别!伯爵夫人的眼睛,是那种极为善良、坚定、高贵的人所拥有的眼睛。而诗人的眼睛呢,噢,天哪!女人的眼睛一贯要比男人的更冷酷、更坚定;她们一贯比男人更健康、更聪慧。女人也比男人要活得更好、更自然、更得体。当然,我说的是那些受过教育的人。女人的智慧与她们的感受契合得更为流畅。正因如此,她们的聪明才智通常都用在善处、表现为仁慈之心,不会破坏任何事物平静的固有进程,给人的建议也往往更妥当、更实用。我之所以喜欢与女性打交道——尤其是在商业往来之中，就是因为她们这种更为友善的智慧。看在老天的份上，我赞美女人又有何妨？如果我是女人的话，我也同样会赞美男人。

外面淅淅沥沥的柔雨已经转为清冷的晴日。雾气已让位于明亮、欢快的阳光。我的房间被阳光充满。当有太阳的时候，我喜欢把自己直接袒露在阳光下。我拒绝逃避或躲藏任何东西。如果必要的话，我几乎可以忍受任何事物，也几乎可以忍受任意一种匮乏。伯爵夫人正在观看我的画作陈列。这几乎是她每天午饭之后的惯例。她喜欢一动不动地在画作面前坐上几个小时。仿佛她与它们有一种特殊的感情，有什么话要跟它们委婉叙谈，而它们也有千言万语要向她诉说。在她看来，欣赏一幅出色的画作要比阅读一本同样极为出色的书更有趣。她坦言，那些长篇大论的厚重书籍当中的内容，多半只是在复述那些我们日复一日、时复一时对自己所说的话罢了。而绘画则是值得深思和玩味的惊喜。说到书，她最喜欢的是诗歌，因为诗行中包含的艺术最多。对她来说，艺术作品最重要、最引人入胜的是其中的艺术，而不是那些附属之物——那些讲故事、做包装、精明世故的部分。因为她自身聪慧,对世间大多事物见多识广,她自然可以不屑于作家们喋喋不休的复述。绘画于她则是奇迹,是童话,甚至是故事——虽然它们什么情节都没有讲。它们向她诉说着我们身外的自然,那永远令人神往、难以理解的大自然!那些她已经了解的事物,她已经不想听人再说。色彩和线条会以更可爱的方式来讲述——没有语言,只有气味和声音在说话。——当她起身,看到我正好闲着的时候,她就开始和我聊天,很少谈艺术,更多的是谈论自然的、人性的、琐碎的、日常的事情。在聊天当中,她就这样把自己的心袒露在我面前,我几乎能把那些心事描摹、绘画出来。她所说的一切都有颜色、有轮廓。——即便在此刻,在我写下这段文字时,她还在兴致勃勃地说着。我并不介意,因为它完全不打扰我。我什么都听得见,也什么都听不见。我只要能听到她的声音就足够了。我无需回应,也不必加入谈话。她完全不要求我这么做。我想她喜欢这样,觉得像一座喷泉一样滔滔不绝地说话很开心。我觉得她喜欢这样说话,为什么要打断她呢?她说话的时候多美啊!有的女人一开口说话就失去了魔力,只有在慵懒地躺着不言语的时候才是美丽的。伯爵夫人说话的时候更为活泼,而这种活力映衬在她的容貌上格外迷人。现在我要和她一起去散步了;她说她命令我这样做,作为她的臣民,也考虑到我的健康和诸如此类的事情。等着吧,你这个小丑,你就等着吧!——所以我得暂且搁笔了。

几天过去了。我高兴得说不出话来。我幻梦盈脑,如坠云雾……我已经忘掉了艺术:那可怜的艺术,已经被扔到了一边。这是必然要发生的,它已经在那儿虎视眈眈了许久,现在终于爆发了,叫我来说它还得这么继续下去。伯爵夫人于我是世界上最可亲、最美好的存在,我向来如此认为,而现在更为确信。除了她我什么都不想,我所有的梦都关于她。她开启了我的感官、我的双眼,让我看到了这个世界,就像带领一个蹒跚学步的孩子一样,带我走向世界。总之,她告诉了我——让我知晓,也让我感受到——她爱我。她抓住我、亲吻我,她说不出话来,也不准我开口,好像害怕我会说不、不。一切都再好不过。我还能梦想什么更好的东西吗?我正在失去我的艺术,也许也失去了我的理智,但为了她而失去一切,还有什么比这更好的吗?她说,我是她的一切。所以我对她来说已经足够了，足够成为她的一切了！除了作为她的一切，我还能希望成为别的什么吗？我真的不能！如果我能成为她的、成为她的一切，我就是自己的一切。还有哪个头脑比刚刚说出这些话的头脑更简单吗？我不想去想艺术，只要让我稍微想象一下我都会哀叹。自从这些日子以来我就没再碰过它。如果我要成为一切，我必须要学会摒弃以前的一切，忘却它。必须要如此——不，注定要如此！——我能够描绘出我有多爱她吗？毕竟我已经不再画画了。而且我的色彩也无法呈现它。爱不愿与艺术沾上干系，至少我的爱不愿意。爱是一种挥霍，而艺术是一种俭省。我不知道还有什么冤家对头比这两个更水火不容了。好吧，那就别让艺术来打搅我。现在，我要让这种荒唐的爱成为我的日常创作。——我听到她来了。还有什么比知道她在追求我更甜蜜的事吗？我不是她的奴隶，事实上，当我仅仅以崇拜（艺术家的崇拜）的心态去思慕她时，我才更像是她的奴隶。那种崇拜的感觉瞬间就被爱吹散了。我爱她,这远远不止是崇拜。她似乎是无限地爱着我：她用上一颗克制已久的心那全部激烈奔涌的力量，让我感受到这一点。当吻我的时候，它的哀叹愈多；当意欲爱抚我的时候，它燃烧愈烈。我，一个对此一窍不通的可怜人，到哪里去找词语来形容它呢？她正站在门口谛听，我应该开门让她进来！她想让我看看她是多么恭顺。而我继续写着，让她在那儿等待，同时却又清楚地感受着她正在如何等待。爱让我们变得残忍，不可思议地残忍。在爱中，即便是最残暴的痛苦，也是一种必须一尝的乐趣。——我很快就会让她进来的。她想要什么呢？吻我，抚摸我，告诉我她说不出话。这就是她想要的！我真幸福啊，能成为这个女人意志的主宰者，知道她为了成全我的意志而不惜打破她自己高贵的意志！好吧，我现在就让她进来。

我去了山里，贪婪地把自己袒露在雨中、风暴中、阳光下，整整两天。我什么也没细看，哪里也不停留。我对一切都毫无兴趣。既没有感到恐惧、也没有感到快乐。我只想一直走到筋疲力尽，仅此而已。然后我回家了，无动于衷地接受了亲爱的女士的责备，躺下睡觉。我必须离开这个地方！我无法忍受爱情，我注定要过一种更野蛮、更冷酷的生活。知道自己被爱着这件事，从长远来看并不吸引我。在山上、在滂沱大雨中，我感受到了这一点。我无法忍受安宁，尤其无法忍受幸福。

看到自己如此可悲、懦弱地幸福着，这侮辱了我的自尊。我不想要幸福，我想要的是遗忘。幸福和不幸一直是对我来说完全陌生的感受——或者至少是让我反感的感受。这不适合我。我必须离开伯爵夫人，离开这所房子，离开这些山，离开这些冷杉林，离开这个世界，明天就离开它们！就算必须要告别的话，离开也得要尽快。我不喜欢节外生枝，也不喜欢假想"如果"！我要去工作，什么工作都无所谓。艺术？那是当然，除此之外还有什么？从今往后我会如何创作？这我还不知道，顺其自然吧。毕竟，艺术当中还有种种艺术。我要和伯爵夫人谈谈，然后一切都将结束。我会把她忘掉的：我什么都会忘。我多么希望自己能确信，驱使我离开这里的并不是艺术；但扪心自问，我只能相信：确实是艺术。是的，我对艺术的爱比对伯爵夫人的爱更强烈，事实就是如此。当然，我不会对她说这些，因为她不会相信。我会尽力安慰她，告诉她我很快就会回来，但我不会相信我自己说的话。爱上一个艺术家是少有回报的——尤其是没有幸福。但什么是幸福？我相信，它是一种持续的、舒适惬意的感觉。但艺术家是从来感受不到舒适惬意的，或者说很少能感受得到。

他们对这种感觉并不熟悉,也不懂得如何去了解和珍惜它。为什么艺术家无法获得平静?我知道原因,但我不知道怎么表达。我的心里充满了悲伤,但我禁止自己为此感到绝望。我不允许痛苦和恐惧控制我。——她会不会哭,这会不会深深伤害到她?我希望不会。但不,她会哭泣、会哀叹,这就是会伤害到她。我不愿掩饰我已认定的事情。而我甚至不会试图安慰她,我会表现得好像兴致勃勃地想要离开。那么,她就会重新找回她那与生俱来、只是被爱情所摧毁的自尊,冷漠地让我离开。自尊,以及那荣誉受到冒犯的感觉是可以提供安慰的!愤怒会使人振作。正因为我清楚这一点,我要撒谎,然后像一个没有感情的人一样离开。这是我能为这个心爱的人所服务的最后一件事。不,当然不,我永远不会忘记她。永远不会!但明天我就要出发。……

老卢卡斯·克拉纳赫（Lucas Cranach der Ältere）
《林中的阿波罗与戴安娜》| 1530 年

《阿波罗与戴安娜》

我记得,当时我在图恩(Thun)的啤酒厂工作。那是大约十年前的事了,我幸运地得到许可,住在一所漂亮、宽敞的老房子里,紧邻山上那座宏伟的城堡。那会儿,我喝很多啤酒,完全是因酿酒工作之便;在汹涌湍急的阿雷河(Aare)中沐浴;频繁地去图恩周围的平原上散步,惊叹于巍峨的庞然大物;雄伟的山峰,像一座座巨大的堡垒,直指苍穹。我的房东太太是州公证员的妻子,有一次,我和她经历了一件颇为可爱的小事,起因是我房间墙上挂着的一张图片。这个房间是舒适、惬意和温馨的化身。我永远不会忘记这个如画的房间,弥漫着轻盈明亮的绿;也不会忘记太阳的光线,它带着狡黠的微笑,灵巧地照进这间隐蔽的小屋。但还是说回我的房东太太吧:那张图片是克拉纳赫的《阿波罗与戴安娜》的照片(原作挂在柏林的腓特烈大帝博物馆*里),它之前一直挂在我房间的墙上,带给我愉悦和振奋,而她把它取了下来,然后将它倒扣在我的桌子上,仿佛带着羞愤和责备。回到家后,我那双始终保持警觉的眼睛立刻注意到了这一错误的正派行为,我迅即果断地抓起了我那支一贯在旁随时待命的笔,写下了如下这封无礼的书信:"尊敬的女士,我很喜欢这张图片,因为它包含着全然纯粹之美,难道它对您造成了一些伤害,使您不得不把它从墙上取下?您觉得这幅画很难看吗?您认为它不雅吗?那我恳请您不要再看它了。同时,鉴于我相信您尚存善良之心,请允许我把这幅图片放回原处。我会马上把它钉回墙上,相信没人会再把它拿走。"我的房东太太看了这封信之后,就把它收了起来。我真是个无赖!竟然对这么和蔼可亲的女人说这么难听的话。但这几句话的效果是多么好。从此以后,我的房东太太对我贴心极了。她的行为举止是多么可爱,多么讨人喜欢。她甚至让我把破了的裤子给她,以便她可以帮我补上——她,这位州公证员的妻子。

---

* 今为柏林博德博物馆(Bode Museum)。

梵·高的画

在几年前的一个画展上,我看到了一幅可以说是令人着迷的珍贵画作:梵·高的《阿尔勒的女人》。这是一位平常妇人的肖像,她年事已高,无疑并不漂亮,她静静地坐在椅子上,若有所思地看着前方。她穿的是素日常见的那种裙子,她的手也是随处可见的那种手,平常得让人不会多看一眼,绝对称不上美丽。她的头发上扎着一根朴素的发带,但这也并不算起眼。这个女人的面容冷酷刚硬。她的五官诉说着种种深刻的经历。

我得承认,起初我只想对这幅画草草思忖片刻——在我看来它无疑是件有力的作品——以便尽快移步观看下一件展品。但是,一种奇怪的力量牵制住我,就像我的手臂被抓住了一样。我自问,这幅画里到底有什么美妙之处值得我仔细端详,很快我就确信,这位艺术家实在是值得同情,他枉费了这么大的功夫,去描绘如此低微而简朴的主题。我问自己：这是一幅我想要拥有的画吗？但对于这个特殊的问题，我不敢随意回答"是"或"否"。

沉思中，我又进一步提出了一个似乎很简单，且在我看来相当合理的问题：在我们的社会中，是否存在合适于《阿尔勒的女人》这一类画作的容身之所？没有人会订购这样的作品；看样子，艺术家是给自己下了一个订单，然后画了一些大概没有人愿意眼见其入画的东西。谁会想要在自己墙上挂这样一幅描绘日常的画呢？

"高贵华美的女人们，"我对自己说，"已经被提香、鲁本斯、卢卡斯·克拉纳赫画过。"随着说出这些话，我感到内心充满了痛苦，可以说是为我们的这位艺术家而痛苦，因为他经历的生活想必苦难大于欢乐；也是为我们这个时代而痛苦，因为它方方面面都是如此艰难和阴郁。

"当然，"我继续说，"这个世界显然还是美好的，快乐的希望必会开花结果。但某些事物的状态极其压抑，这无可否认。"

梵·高的画被一些悲伤或令人不安的东西萦绕，所有艰辛的生活境遇似乎都从它的一旁或是背后涌现出来——尽管并不清晰，但仍然可辨——

即便如此，我还是乐在其中，因为这幅画算得上是一种杰作。色彩和笔触有着非凡的生命力，造型上也极其出色。尤为值得一提的是，画面中有一抹奇妙的红色，令人愉悦地流动着。然而，作品整体上反映的内在美更甚于外在美。某些书之所以不畅销，不也是因为它们不易懂吗？换言之，不也是因为很难赋予它们某种价值吗？只是，有时候，美的事物并没有得到充分的揭示。

梵·高这幅画带给我的感受，就像是听了一个严肃的故事。那个女人忽然开始说起她的生活。曾经，她还是个孩子，还要去上学。每天都能见到自己的父母，在老师的引导下学习各种知识，这是多么美好的事情。教室是多么明亮，她与玩伴们的嬉戏是多么欢乐。青春是多么甜蜜，多么幸福啊！

这些刚硬的五官曾经是柔软的，而这双冰冷的、近乎凶恶的眼睛曾是友善的、纯真的。她和你一样多，也一样少。前程一样富足，也一样贫乏。她和我们所有人一样，也是一个"人"，她的双脚带着她穿过许多白日明亮而夜色黑暗的街道。她想必经常去教堂，或者去舞会。她的手曾无数次打开一扇窗，或者关上一扇门。这些都是你和我每天都在做的事,对吧,这样的境况中包含着琐碎,但也有庄严。她难道不曾有过一个爱人,体味过快乐,也体味过很多悲伤吗?她听过钟声悠扬,用双眼捕捉花枝绽放的美丽。岁月在她身上流逝,夏天过去了,冬天也过去了。这难道不是简单得可怕。她的生活充满了劳累。有一天,一位画家——他自己也是个穷苦的劳作者——对她说,他想要画她。她为他坐下,平静地让他画她的肖像。对他来说,她不是一个平平无奇的模特儿——没有任何形象对他而言是平平无奇的。他画的她就像她自己,朴素而真实。然而无意之间,一些伟大而高贵的东西进入了这幅简单的画作,一种难以被忽视的灵魂的庄严。

在把这幅画仔细地记在脑海中之后,我回到家为《艺术与艺术家》(*Kunst und Künstler*)杂志写了一篇关于它的文章。这篇文章的内容现在我已经不记得了,因此我想再写一次,此刻已经写好了。

文森特·梵·高（Vincent van Gogh）
《阿尔勒的女人：约瑟夫-米歇尔·基努夫人》 | 1888—1889 年

关于梵·高《阿尔勒的女人》

面对这幅画，人们会冒出各种各样的想法；当沉浸在那一方光景当中，会不由自主地产生许多问题，这些问题既简单又非同寻常、令人诧异，似乎无法回答。正是在其无法作答当中，诸多问题找到了它们最美好的意义和最精巧、最微妙的答案。比如说，当一个情人问他的心上人："我还应该抱有希望吗？"而她没有回答，那么她的不作答或许就意味着那热切的"是"！一切玄奥、伟大的事物都是如此，而我们面对的正是这样一幅画——它充满了谜团和伟大，充满了深邃和美丽的疑问，也充满着同样深邃、庄严和美丽的答案。这是一幅不可思议的画作，我们不禁感到惊讶，一个19世纪的人竟然能画出这样的作品，因为它看起来就像是出自一位早期基督教时期的大师之手。如此质朴却又如此高贵，如此静默却又如此动情，美得令人心醉却又如此谦逊——这就是这幅阿尔勒女人的画像，让人想就这么随意地、带着请求和疑问走近她："告诉我，你是不是受了很多苦？"它时而只是一幅女人的肖像，时而，这个女人作为画家的模特，作为参照的典型，残酷的生命之谜以她的形象显现。

这幅绘画中的一切，都是以同样的一种爱所画就，这种爱有着天主教的庄严、坚定不移的忠贞，真诚而一丝不苟——从袖子到头饰，从椅子到眼圈发红的双眼，从手到脸；那神秘而有力的运笔和笔触看起来气势有如雄狮一般，让人不由自主地产生一种面对庞然巨物的印象。但说到底，这仅仅是日常生活中的一个女人的画像，而恰恰是这神秘的况味，才是那伟大、动人和震撼之处。画面的背景就像是艰难命运本身的必然性。在这里，一个人就以她本真的面目被描摹出来，连同她想必早已习惯悄悄藏在内心的一切情感；其中的一半她也许早已忘记了——那些她想必曾经忍受、曾经暂且搁置、曾经克服过的一切。人们想要抚摸她——这个受苦的女人——瘦削的脸颊；心中会有这样一种感觉，觉得不该戴着帽子站在这幅画前，而是应该摘下帽子，就像进入教堂神圣的穹顶之下。而奇怪却又一点儿也不奇怪的是，那位受苦的画家（的确如此！）怎么会想为这个受苦的女人画像？他必定是一眼就被她无限吸引，于是就画了她。这个被世界和命运残酷对待的人，如今可能自己也已经变得残酷，她对他来说是一种突如其来的伟大体验，是一场灵魂的冒险。而我也听说，他确实画了她好几次。

《一位女士的肖像》

一位年轻的女士，二十岁左右年纪的少女，正坐在椅子上看书。或者她刚刚在埋头苦读，而现在正思考她所读到的东西。这种情况经常发生：一个正在读书的人必须停下来，因为由书而生的种种想法都在兴奋地纠缠着他。那位读者正在做梦；也许她在用书中的内容与自己的经历作比较；她想着书中的男主角，几乎觉得自己就是女主角。但说回这幅画吧，说一说它的画法。这画面是奇异的，其中的画法也是精巧而微妙的，因为画家以一种优美的无畏跨越了平常的界限，从偏颇的现实中突围出一条通往自由的道路。在画这位年轻女士的肖像时，他也在画她可爱的秘密遐想，她的思想和白日梦，她美好的、快乐的想象，因为，就在这位阅读者的头顶——或大脑——的上方，在一个更柔和、更微妙的距离之内，他构建了一片仿如幻想的景致：他画了一片被茂密的栗树所环绕的青青草地,在这片草地上,在阳光照耀下的甜美宁静中,一个牧羊人懒洋洋地躺着,他似乎也在看书,因为反正也没有别的事情可做。牧羊人穿着一件深蓝色的外套,在这个心满意足的懒汉周围,羔羊和绵羊们正在吃草,而在头顶夏日清晨的空气中,燕子正掠过万里无云的天空。在郁郁葱葱的圆润树冠之上,隐约能瞥见几棵冷杉纤细的树梢。草地的绿色浓郁而温暖,诉说着浪漫而冒险的语言,整个清朗的画面让人不禁陷入凝神、默静的沉思。远处躺在他画中绿草地上的牧羊人无疑是快乐的。正在看书的女孩也会是快乐的吗?她当然值得拥有快乐。世间一切生命和存在都应该快乐。没有一个人应该不快乐。

卡尔·瓦尔泽
《一位女士的肖像》 | 1902 年

卡尔·瓦尔泽
《梦》｜1903 年

《梦》（一）

　　我梦见自己是个小小的、天真无邪的小男孩，比人类以往任何时候都更娇嫩、更年轻，就像一个人只有在黑暗、深沉的美梦之中才能做到的那样。我既没有父亲，也没有母亲，既没有家，也没有祖国，既没有权利，也没有幸福，既没有希望，也没有哪怕一丝希望的迹象。我像一个梦中之梦，就像一个思想嵌在另一个思想里。我既不是一个曾渴望过女人的男人，也不是一个曾觉得自己是人群中一员的人。我像是一种气味，一种感觉；我像正在思念着我的那位女士心中的感觉。我没有朋友，也不希望有朋友；不享有任何尊重，也不希望得到任何尊重；一无所有，也丝毫感觉不到想要占有任何东西的欲望。我们所拥有的很快就不再拥有，我们所占有的轻易就会失去。我们所拥有和占有的都是我们所渴望的；我们所是的，都是我们所不曾是的。我与其说是一种现象，不如说是一种渴望,只有在我的渴望之中我才活着,而我所是的一切不过是渴望而已。因为我无需任何代价,所以我在快乐中游弋;而且因为我很小,所以我可以在人类的胸膛里妥当地找到一个栖息所。我在爱我的灵魂之中给自己安家的方式真是迷人。我就这样一路走了下去。那我是在行走吗?不,不是行走:我在空荡荡的空气中漫步,不需要任何地面的支撑;最多,我用脚尖轻轻地掠过地面,就像是一个受众神祝福的天才舞者,拥有舞者所需的一切天赋。我的衣裳洁白如雪,袖子和裤腿飘荡在身后——它们有点儿太长了。我的头上戴着一顶讲究的饰帽。我的嘴唇红得像玫瑰花,金黄色的头发在我窄窄的鬓角上卷成优雅的小圈。我没有身体,或者说只有一个勉强算是身体的东西。在我蓝色的眼睛里,纯真在凝视。我多么想笑出一个美丽的微笑,但这个微笑太微妙了,微妙得让我笑不出来,只能去想它、感受它。一个极其高大的女人牵着我的手,引领着我。每一个女人,当她被温柔的情愫所充满时都是高大的,而享受她的爱的男人永远是渺小的。爱让我的身材变得高大;而被爱、被渴慕使我变得矮小。所以此刻,亲爱的、高贵的读者们,我是如此微小得出奇，以至于可以舒舒服服地溜进我那高大的、亲切的、可爱的女人柔软的暖手笼里。在我翩然起舞时握住我的那只手，戴着黑色手套，一直延伸到手肘上方。我们正穿过一座曲线优雅的拱桥，我的贵妇人那红色的、诗意梦幻的裙裾长长地缠绕在整座桥上，桥下黢黑、温暖、芬芳的水懒洋洋地流着，上面托着金色的叶子。是秋天吗？还是春天，只是叶子不是绿色而是金色？我已经记不清了。含着无法言说的温柔，那女人凝视着我：我此刻是她的孩子，此刻是她的小宝贝，此刻是她的丈夫。而从始至终，我是她的一切。她是高耸、卓越、强大的存在，而我是渺小的。光秃秃的树枝高高地伸向空中。就像这样，我被引领着不断地越走越远，像是一种精巧可爱的所有物，总是被它的主人随意带往各处。我大脑空空，没有欲望——也不被允许——去了解任何有关思想的东西。一切都很柔和，似乎已经迷失了。难道那女人的力量把我缩成了一个人偶？女人的力量：它在何处、何时，以何种方式统治？是在男人的眼里吗？还是在我们做梦的时候？在思想当中？

水彩画

做点什么，说点什么吧。

还睡着的布鲁图斯！快醒醒，快醒醒吧！[*]

我今天看到了什么？一些水彩画！

我能说说这些水彩画吗？

当然！请畅所欲言！为什么不呢？

水彩画家也许算是绘画领域的副刊杂文作家。

这些水彩画合你的意吗，我亲爱的朋友？

是的，相当合意。就某种意义而言，极其合意。

就何种意义而言？

就它们的淡雅趣致和客观性而言。

水彩画家诉诸常识的同时又信笔水彩。他肆意率性地画着，同时也记录着他自己对事物正确的判断，以及对事物其为何物的感觉。

这么说吧，他是在对观看者说："我用水彩作画，是因为我想教你们去爱身边的事物。"

---

[*] 此处化用莎士比亚剧作《尤利乌斯·凯撒》(*Julius Caesar*)中的句子及对话风格。布鲁图斯是该剧中的主人公。

为此，他描绘了山上的村落，那些村子里狭窄的街道上总有一座教堂，近旁总有山崖耸立，有云朵栖息其上。

这些小小的画儿在说话；但在这些滔滔不绝当中，那些色彩所说的也不过是它们本当表达的东西，一些实用性的东西。

比如说，他为我展示了一条乡间小路，那乡间小路所应有的样子立刻就叫我信服了。

如果一位画家让我相信他所画的东西，那他就画得不错。他画的花束是花束的样子，画的房子是房子的样子，那屋顶、阳台、柱子等，都是它们应有的样子，它们引领着自身的存在，令人信服。

山峦显示出一种恰如其分的雄伟。对这些水彩山，我们也马上就信服了。

关于这一点，我可以提交一份长达一英里的报告，但我还是长话短说吧。

比如在这儿，我们看到的是一条旁边种着一道树篱的路，有一点草，有一点天空。

在柏林，我常去一个理发师那儿刮脸，他有句挂在嘴边的话："天堂里可没有茴香酒[*]。"他总是

---

[*] Kümmel，一种用葛缕子、孜然、茴香调味的利口酒。

习惯随口扔下这句话，就像甩掉一点儿烟灰一样。

我的这些水彩画里，也有一些随意甩下的东西。

我在这里说"我的"，但它们并不属于我。它们属于画家，直到有人从他那里买下它们。

您，最尊贵仁慈的女士，

负有美好的义务将它们买下，我的意思是，您不必非得这么做。我只是说您或许会这么做。

我说的是，我看到了一些漂亮、高明的水彩画，颇有些说服力，我这么说可并没有别的意思，我的意思只是说，我相信这位画家的画功。

同时，我也希望他能找到买家。

他也画蝴蝶。

无论如何，大自然给他带来快乐；他玩儿得很机灵，我的意思是，他画画，他并不玩儿，但画家不也是一个玩家，就像诗人不也是一样吗？

水彩画就像钢琴小品，比如说歌谣。

我已经在脑海中听到了这么一首。

我是如此富有乐感，完全不需要聆听乐声。

它一直在我心中演奏着，您相信我吧。

看在我的份上，请您买下这位画家的一幅小画儿吧。

我衷心恳求您。

艺术家的梦想是如此艰难，如此丰富。文明歌唱着，人类——那幼稚的人类，向空中高高跃起，发出一声叹息。

费迪南德·霍德勒（Ferdinand Hodler）
《山毛榉林》｜ 1885 年

霍德勒的山毛榉林

今天早上,我满心欢喜地吃了一顿丰盛的早餐——但是在这样一个娇弱的人却肩负着最粗重的忧虑的时代,这种话还是小声一点说出来比较好。然后,我迈开我的脚步——一个仿佛站在时代之巅的人的脚步——来到了奥斯卡·比德*的纪念碑前,绕着纪念碑走了一圈,收获了颇为美好的印象。我的拙见是,当面对一件由市政府或国家委托艺术家创作、竖立在某处公共广场上的艺术作品时,首先最好是保持尊重。我们大多数同胞都认为他们可以立马发表自己的那点浅见——我是说,他们的个人见解。好像每件作品都必须让他们立刻理解,而只要他们无法立刻理解,那

---

* 奥斯卡·比德(Oskar Bider,1891—1919),瑞士飞行家、飞行先驱,曾创下第一次双向飞越阿尔卑斯山等多项飞行纪录。在一次战斗机特技飞行演习当中坠机丧生。

就有理由作出轻蔑贬低的评论。

然后，我来到了一帧绘画复制品跟前，它正被陈列在一家书店的橱窗里。我在这儿站住了，感到又开心、又恢复了活力。我心里还在默默为那些在比德纪念碑旁发表的批评而发笑，有些话实在是叫人乐不可支。此刻我想起，我曾经在这幅画的主人家里看到过原作。它被挂在大概是给女仆住的那么一间屋子里。怎么说呢，画总得找个什么地方挂着吧。那座宅子里塞满了精挑细选的绘画杰作，而那位自称拥有这一切的女士则把自己打扮得像是一尊小雕像，我在这座小雕像的陪伴下喝了茶，而我毫无瑕疵的行为举止堪称奇景。主人还准备了开放式三明治，我一边享用着，一边把谈话引到了施皮特勒*的话题上，在我们离开那座别墅后，我的同伴不得不向我坦白，他万万没想到我的举止竟然能够如此得体，而此刻我正凝视着这帧复制品，内心在呐喊："多么美妙的写生！"

你能在其中凝望一片冬日里光秃秃的山毛榉林，它们的种种特征都被描绘得淋漓尽致。这幅画是霍德勒的作品，但撇开这一点不谈——也就

---

* 卡尔·施皮特勒（Carl Spitteler，1845—1924），瑞士诗人。

是说，如果它出自某个不那么有名的画家之手——这幅作品的价值与乐趣也并不会减少。那些树干修长、苍白、纤细，零落挂着几片哗哗作响的叶子。你可以真切地听到它们是如何在冬日的萧瑟中飒飒摩挲，令人感到愉悦。这幅画或许并不够引人注目。你没法用一片小小的山毛榉林来炫耀什么，也许这就是为什么它会被放在阁楼的房间里——对了，从那儿望出去可以看到最迷人的景色：下方有一面湖泊像丝绸一般铺开，就像那种最典雅的微微透明的女士罩袍，而现在站在这家艺术书店前，我又看到了这帧画面，画面中有一阵寒冷的冬风盘踞在树林之上，这风并不是非常猛烈。而奇妙的是：您看，清冷和寒风是如何被画进画面中的，连那几片树叶的颤抖也一并被画了进去，树林矗立在冰蓝色、从冬日的蓝调逐渐过渡到绿调的天空下，这一切都让人有如耳听其声、身临其境，很少有作品能如此令人信服。

也许，如果我是这幅画的主人，我也会把它藏在阁楼里，因为这不是一幅属于客厅的画。当你看着这幅画时，你会不由自主地把手插进口袋，因为它如此绝妙地还原出了冬天。在树林里，一个人正在忙碌着，你可以看得到、感觉得到：树林的地面已经结冰，你的视线能越过树林看到很远很远、直到树林之外最遥远的地方，现在，我也许仍然没有把这幅画所能言讲的一切都说出来，但从我说的这些话当中，你一定能感受得到我是多么地欣赏它。

比利时艺术展

这个展览是由比利时政府在瑞士当局和伯尔尼市的支持下举办的，展览分置于两座独立的场馆中，一部分在博物馆，一部分在美术馆。我首先参观了后者。这次初访结束之后，我来到一家咖啡馆，一束宽阔的阳光正斜照进来，音乐环绕着我，而我则以毫无成见的心胸向它们敞开。帽子和大衣静静地挂在衣架上或是堆在周围，仿佛自得其乐。这幅景象使我精神一振；而我喝下的咖啡也产生了同样的效果，于是，在我匆匆地惦念了片刻我的爱人之后，噢，以及一个梦——梦中有一个女人，脸庞棱角分明，她恳请我给她一面镜子，然后，注视着镜中的自己，镜中之像，栩栩如生——之后，我走进了二号展馆，门前竖立的比利时国旗正高高飘扬。请允许我顺便强调一下，目前这里正在展出一个伯尔尼先辈艺术家的作品展，这些作品创作于所谓的过渡时期（Übergangszeit），

比利时艺术展
伯尔尼美术馆 | 1926 年 3 月 27 日—6 月 7 日

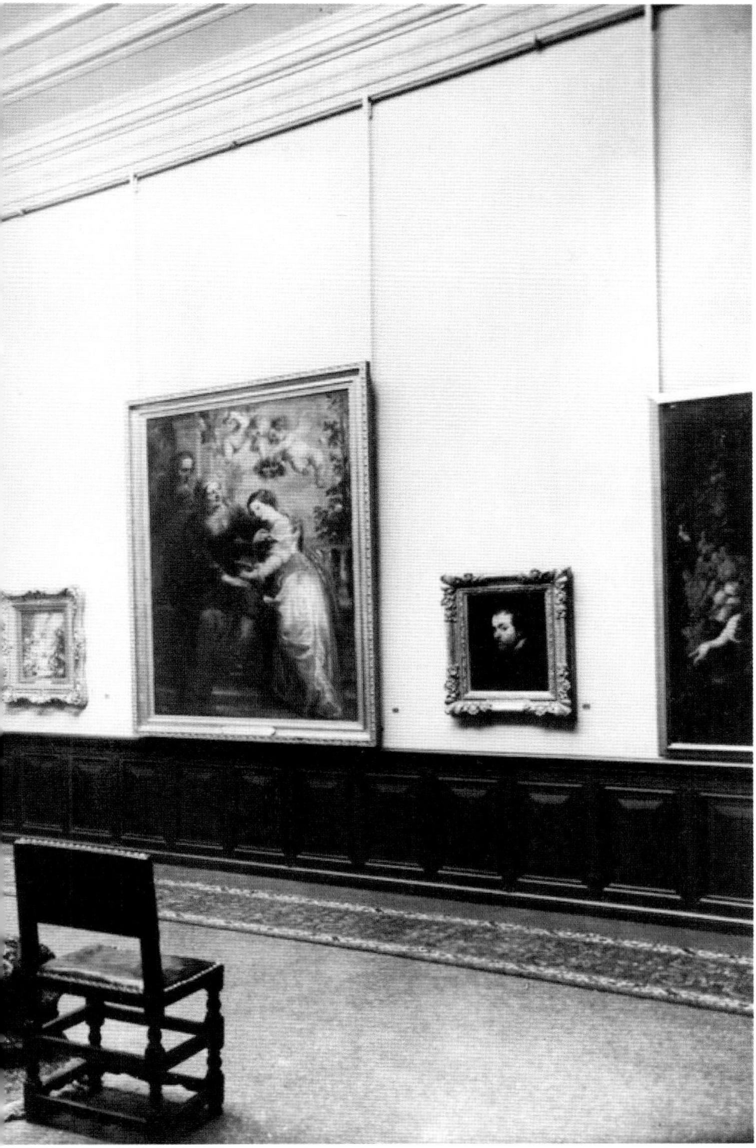

大致是1780—1820年这段时间。

您听说过艺术家尼克劳斯·曼努埃尔（Niklaus Manuel）吗？他是文艺复兴时期伯尔尼绘画的代表，他这个人本身就很有趣，曾在比尔湖畔担任地方长官一职，确切地说是在埃拉赫（Erlach），这是一个位置得天独厚的小城，从前是伯爵封邑，1914年第一次世界大战爆发后，我作为一名国防军士兵在那儿履行了我的一点职责。在那个年代，只要花上四十生丁，就可以买到一大份或是满满一把美味的冷煎肉。那时，我擦拭着我的装备；如今，我以新闻报告员的身份在我们城市的街道上奔波，步入陈列着艺术名作的幢幢楼宇，好在新闻报道中一试身手。正在展出的这些近代和历史画作，它们的祖国在这场战争当中所起的决定性作用是众所周知的。最近我自作主张去打听她的近况，结果发现我"伟大的朋友"眼下已经去了北美的合众国，但即便如此，她直至今日仍在以最亲切的方式振奋着我。比如说，我是多么感激她曾有一天在一家百货公司旁，以非凡的威严把我好好"擦洗"了一番。"擦洗"的意思是某种形式的抛弃、拒绝。我觉得，花力气去取悦一个心爱的、仰慕的人而竹篮打水一场空，这是很甜蜜的。

毕竟就爱情这件事而言，每一次失败几乎都是快乐的源泉。我刚才说的那个梦是发生在一艘小艇上，小艇在那个女人的指挥之下，她看着镜子里的自己，然后清晰可闻地重重叹了一口气。这个梦结束之后，我还把脑袋抵在"细腻敏感"的手上沉思了许久。我看上去真美，几乎称得上伟大。

至于比利时艺术呢，总的来说它让我相当满意，我的意思是，它算是勾起了我的兴趣，让我眼前一亮。布鲁塞尔这个城市的名字，是不是让人立刻就想起歌德那美丽高尚的埃格蒙特？摄政王帕尔马的玛格丽特总是和他争论不休，让她觉得没完没了。对了，最近我认识了一个伯尔尼女人，她嫁给了一个目前旅居刚果地区的比利时人，不久她就要到那里去投奔他，对此她还颇有一些疑虑有待打消。在已经过去的那场战争当中，比利时的孩子们被送到我们国家来，好在这里得到照顾。但我什么时候才开始谈艺术呢？要对众多画作做出总结性的评论是个艰巨任务，而我对此可以说是甘之如饴。我在这儿看到的画，时而是一幅春景，时而是一幅雪景，时而是花，时而是一位女子。当我站在一幅正在一张柔软的沙发上休憩的裸体女子画像面前时，有人向我搭话，想要在我面前炫耀他的见解。然而我却觉得应该让他明白，这样的鲁莽冒昧并不合我的口味。在比利时有一个神秘的"死城"，即所谓的"北方威尼斯"，这个城市有着一条条寂静的运河、一座座高大古老的贵族宅邸，看上去都缄默不语。我觉得，在我看到的众多画作当中，有一幅描绘的就是这座城市。毕竟，布鲁日已经成为无数散文和诗歌的主题。我得承认，那幅有着奇异的蓝色大眼睛的少女肖像，深深吸引了我，但是现在，我突然想起瑞士联邦历史上的一个时期。

大约在1470年左右，勃艮第[*]——今天的比利时——由公爵大胆查理（Karl der Kühne）统治，他不仅拥有金羊毛[†]，而且觉得自己注定要去征服些什么。于是他选择了瑞士。然而，当时伯尔尼拥有一位一流的外交官，那就是罗伯特·冯·迪斯巴赫（Robert von Diesbach）。传说中，正是他将急不可耐的勃艮第人诱捕进他的军事罗网中，结局可想而知，这位沉迷浮华、好大喜功的王子一

---

[*] 此处指勃艮第公国（918—1482），当时的统治范围涵盖今法国东部地区、荷兰、比利时、卢森堡等区域。
[†] 勃艮第公爵菲利普三世创立的金羊毛骑士团的骑士勋位。

点好处也没捞着，而瑞士则对敌人扩张势力的企图进行了光荣的防守。但正是在这个时期，比利时的艺术和文化异常繁荣兴盛。在勃艮第战争中指挥军队、保卫祖国的人叫阿德里安·冯·布本贝格（Adrian von Bubenberg），他的纪念碑装点着我们的城市，而此时就在这里，正展出着罗吉尔·凡·德·韦登（Rogier van der Weyden）、汉斯·梅姆林（Hans Memling）和其他比利时大师的画作。1470年那会儿还不存在艺术展览。那时，主要是教会委托画家们作画，这些绘画在其创作状态下具有一种触及神圣的意义。顺便一提，现在的人在这一点上很容易产生误解。从我们今天的角度来看，有些东西似乎"就是这样"，实际情况却并非如此。比如说，我们很难了解以前的人是如何观看这些画，他们用什么样的目光、带着什么样的感情去看，他们观看的时候在想些什么，这些画对他们意味着什么。比利时的绘画大师们画出了前所未见的壮丽风景和令人难以置信的秀美、可爱的面孔；勃鲁盖尔画了一群在村道上打斗的盲人流浪者，他们闹出的动静想必不小。另一个画家则画了一位乡村医生，一位老妇人正向他求问，那村医坐在柳条椅上，散发着滑稽的自信。

这些先辈大师们对这些类型画驾轻就熟，作画时带着一种精致的热忱、一种笃定的手感，却也不乏适宜的、美妙的震颤，仿佛他们对于如何规避绝对的"纯熟"有一种纯熟的理解，仅仅把它作为一种达到目的的手段。我在这里发现了鲁本斯的一幅自画像，虽然画幅很小，但从内里的精神性和艺术性来看却宏大至极，显示出难以言喻的细腻调和。前面提到的勃鲁盖尔的另一幅画——他曾徒步穿越瑞士阿尔卑斯山前往意大利，目睹了那里的城镇与充满活力的社会生活——题为《伊卡洛斯的坠落》（*The Fall of Icarus*）：一个身着红衣的农民正在耕田。一个牧羊人正在"仰望大自然"，倾听鸟儿的歌声、欣赏它们轻盈的飞行。一艘华丽的帆船停泊在岸边。你可以眺望到一处海湾，海湾中点缀着岛屿，岛屿上的居民区清晰可见。伊卡洛斯刚刚跌入海中，某种程度上可以说，他从令人眩晕的高空坠落，从其品行意图的鲁莽自大和固执己见之中坠落。我们不难猜到，他会恢复过来，然后重新尝试。回到鲁本斯身上，我们遇到了他的妻子海伦娜，她有一双欣喜若狂的、鹿一般的眼睛。在一幅名为《哀悼基督》（*Lamentation of Christ*）的画作中，我被一棵锯齿状的、光秃秃的小树所吸引，它的枝条像着了魔似地舞动着，明明一动不动，却又奇异地展现着充沛的动感。我见到了一位基督，他的胸口下面有一个伤口，那伤口就像是一张嘴。

关于17世纪的一幅风景画，我有以下几点看法：当代的画家们在画画的时候没有考虑到客厅空间的问题，他们把绿草青青直接引入我们的居室，这当然是非常自然主义的，但也有一些欠优雅的地方。从前的画家会将他们的风景画调适得合乎文化需求。显然，他们认为让自然事物在室内大声喧哗，毫不克制地手舞足蹈、横加干涉是不得体的。他们拥有我们所说的"圆滑"或是"格调感"——我并不是在反对当代绘画，我只是想说明一种差异。

我很高兴能有机会谈论一场宏大而美妙的艺术盛事，但我认为，我有义务限制自己的言论所触及的广度。我未谈及的一切，尽可由他人来阐述。

勃鲁盖尔的画

对于所有这些，也就是顺便一提——这段开场白会被各位如何理解，几乎不需要我去操心——我在想，这将只是毫不起眼、微不足道的一篇小文，要说的是鸿蒙太初，那个被俘虏的、赤裸的男人。

我非得要具体说明是什么时候、哪个世纪吗？好像给出具体年代是如此要紧，能让事情有什么分别似的！顺便说一句，我正忙于思考一个相当冒险的问题，也就是时下那个虽小却举足轻重的大问题：按摩师被派去给一位女士按摩，他得要揉搓她，几乎就像是在为她塑形，那么为了达到召唤美感的目的，可否允许他给她一个吻？这难道不会导致意想不到的后果，造成戏剧性的场面，引发最不愉快的事情吗？"天哪，您怎么胆敢这样！"会是一个人体艺术家为此收到的叱责——如果他一时兴起，自作主张地扩大他的本职范围和工作使命的话。

但回到我那位可怜的人身上吧，他还一直赤身裸体地站在这里呢。说起这一位，我们能不能谈谈他无人能及的暴露程度？我希望这是被允许的。今天，阳光照耀着这样一个日子，一个可称为"关爱婴儿日"的日子。一个如花蕾一般稚嫩的小女孩问我，是否有意为这一人道事业做些什么。我怎么能拒绝呢？这简直是不可能的。

一位著名的诗人正以白纸黑字的形式，躺在我衣柜抽屉里的一块刚刚买回来的面包旁边，而此时从我的嘴里——它有一些可笑之处，我把它归咎于父亲和母亲——可能将要说出一些相当古怪的话：之前已强调过的那个犯人，正孤零零直挺挺地站在某种箱子或是铁柜当中。哪怕是最无意识地、最轻微地动弹一下，他也会被利刃刺中，正是在那些被打磨得极为锋利的刀尖之间，是他被囚禁、被束缚、被挟挤的所在。这对他来说意味着怎样的孤独！人们几乎无法想象。这个极其可怜、不幸之人的情况就是这样：他做错了一些事情；他把自己弄得极其不受欢迎，为了惩罚这种罪过，他此时正以一种极为特殊的方式、在一个对他而言非常狭小的笼子里受折磨，这一定使他感到不可名状地难受。

小彼得·勃鲁盖尔（Pieter Brueghel de Jonge）
《盲人寓言画》（摹老彼得·勃鲁盖尔而作）｜约 1616 年

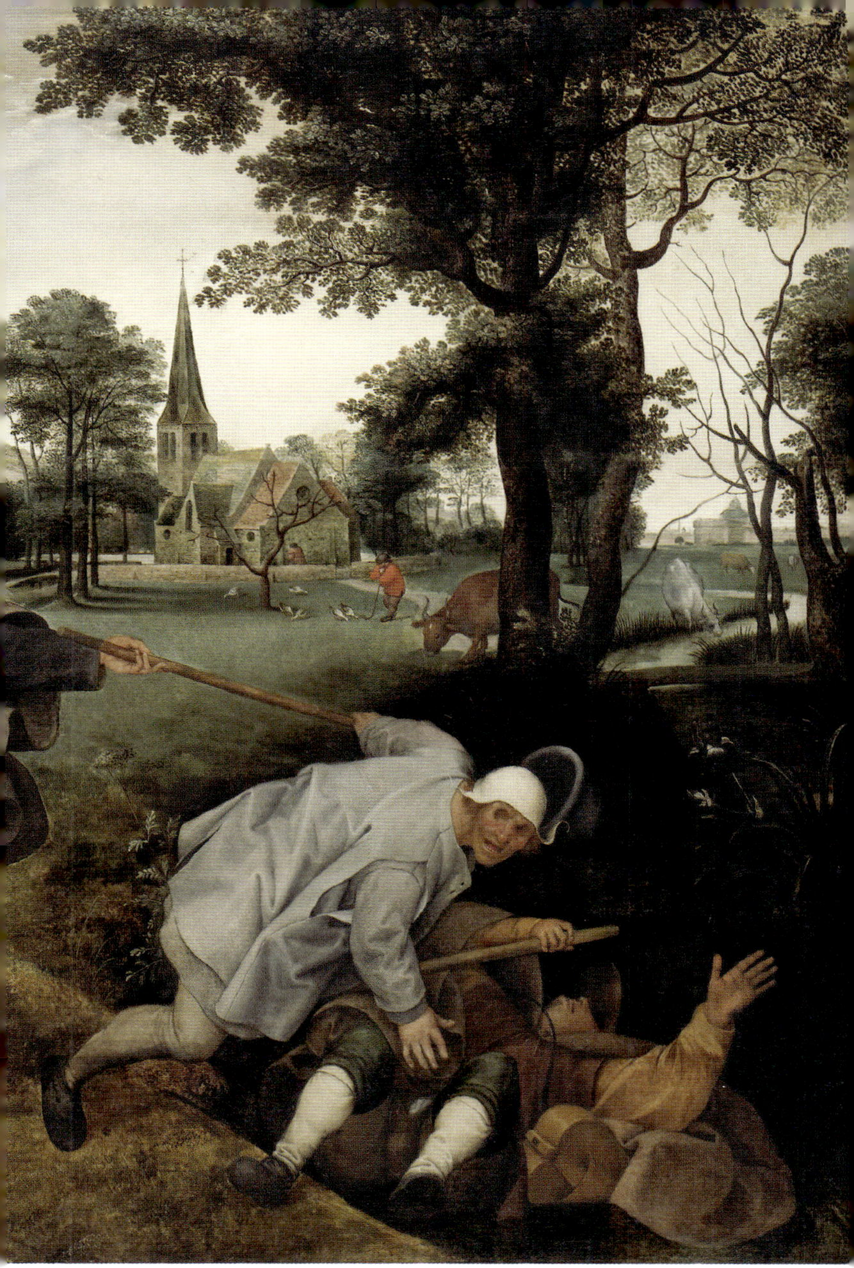

昨天，坐在一个酒馆的角落里，我赏读了一篇显然很出色的社论。我是否有理由相信，我的这篇文章更有把握得到"出色"的评价，因为其中可能还会提到一些盲人？话说最近，我参观了本地正在举办的一个艺术展，在这次展览中，我看到了勃鲁盖尔的一幅画，描绘的是一个关于盲人的场景，你很难想象还有比这更意味深长、更令人惊讶、更深刻、更有思想的描绘。盲人们拿着拐杖互不相让地争吵着，以至于他们看上去几乎乐在其中。这当中有强烈的悲喜剧效果，这幅描绘盲人的绘画有可能是整个画展中最令人震撼的一幅作品。

在一定意义、一定程度上，我们每个人都是盲人，尽管我们有双眼可以用来观看。有一次，我在街上遇到了一个盲人，他的平静或者说是平和引起了我的注意——那种怡然自适和自给自足，一种与他的命运所达成的一致。而在勃鲁盖尔的画中，人们盲目劈砍着对方那宝贵的、值得尊敬的头颅。这发生在一个被描画得蔚为可观的村庄的夜晚。在那个时候，可以说全人类都躺在他们的卧室和床上沉睡着，在这万籁俱寂之时，在这普世同享的睡眠之中，这些流浪汉上演了如此一场酣斗，以至于我们可以认为，他们必是与众不同的。光辉神圣的大地啊，你是何物？有福居住在这片美丽的大地上的人类啊，你们是谁，从何而来？其实这些问题可能很平庸，但至少它们挺耳熟能详的。

现在，让我们再怜惜一下我们那待在装满了刀子之类东西的箱子里的可怜人吧。小时候，我在某本杂志的插图上看到了这个善良的、不幸到极点的人，那本杂志的名字大概是《大众艺术》(*Die Kunst für Alle*)[*]。那时候是不是还有一本名为《从悬崖到大海》(*Vom Fels zum Meer*)[†]的杂志，也许它至今仍然蓬勃活跃着？若是我们假设，不再有任何可爱心善的女人来确保这犯人至少能有一双袜子可穿、有一点东西可吃，那么，面对这样一个完全被遗弃的存在，我们会不可避免地被一种从周遭一切当中跳脱而出、婉转歌唱着的同情心所压倒。

亲爱的读者，你是否有理由感到高兴——或

---

[*] 可能是指 1885—1944 年由慕尼黑布鲁克曼（Bruckmann）出版社出版发行的杂志。

[†] 一本创刊于 1881 年的插图杂志，后与当时广受欢迎的另一本通俗插图杂志《凉亭》(*Die Gartenlaube*) 合并。

者说几乎要乐不可支？因为首先，你不需要盲目地四处流浪；其次，你碰巧没有落到要打人或是被打的境地；再次，没有利刃在你稍一动弹时就搔刺你。你最好时不时为那些盲人们祷告几句，而不是为那些让你烦心的鸡毛蒜皮大惊小怪；在你歇斯底里地开始为自己焦虑不安时，偶尔也想一想那个铁箱子里的可怜人，这对你的精神有好处。

至于按摩师，让我们恳请他谨慎行事。

美丽的女人们正以她们的存在装点着长廊，而我却还坐在这里写字？

灾　难

我简直无法把眼睛从这幅题为《燃烧的船》(*The Burning Ship*)的插图上挪开！一艘正在沉没的护卫舰——这难道不蔚为壮观吗？

顺带一提,如果天鹅绒脚凳之类的东西可以在星期天被掸灰和刷洗,那么写作活动也必须得到同样的许可。

当我锻炼自己的脑力时,这种感觉难道不就和坐在教堂里一模一样吗？提笔构思一篇散文会让我进入一种虔诚的状态。

一艘着火的船是多么的可怕。我凝视着这幅画,对自己说：海员们必须得逃离火场；但他们无处可逃,只能跳入水中,而很快,他们也会开始试图逃离海水；但他们别无选择,只能在水中避难。水面优美地铺开,如同一片草地；没有一丝波浪搅扰这平滑如镜的水面,其下隐藏着无底深渊。这面镜子的宽广无垠对身处险境、渴望得救的人们构成了一种威胁。在水下，未知的山脉在延伸。海员中受过较好教育的人肯定知晓这一事实，而正是这种知识，让他们比那些有幸对此一无所知的人要更加绝望无助。教育虽然可靠而有用，但也是危险的。

在"燃烧的船"的乘客中有一对恋人，可以说他们都背叛了彼此——当他们相拥时，各自都在想着别人。在这次"难忘的旅程"中，那女孩过于深情地凝视过一位水手的眼睛，而那个青年呢，他已经数不清多少次向她保证他爱慕着她，认为她是众生中最美丽、最可爱的人，然而在旅途中，他仍然以某种方式与另一个女人建立了颇有价值的联系。但在危难之时，他们又找回了对方。两人逃脱了火焰为他们惊恐的灵魂所呈现的绚丽奇景，相拥跳入在他们面前摊开的、水的衣裳里。水有一个奇异的特点，那就是你无法像走在一条小径上一样踏足于上，尽管它看起来仿佛随时都欢迎你这么做。火焰富有装饰性的美是欺骗性的，正如水的丝般光滑一样：它无法提供任何稳定的支撑，看上去却是一个精心打理过的表面，让人可以惬意地漫步其上。

我加入了逃离火海的那对忠贞不渝、背信弃

义的恋人，火似乎并不打算对感情细腻的灵魂表示任何形式的怜悯，我和他们一起来到了那看起来颇为乐于助人的水里，但在发现水的真实构成之后我大吃一惊，在恐惧当中紧紧抓住了自己。他们两人一致认为还是分开游比较好；他们做了那件看似不可避免的事情："我们现在放弃理论去实践"，这是他们能够交流的最后一句话，就在此时，也许，在陆地上一处远离俗世的雅致书房里，一位勤恳的思想家正在撰写一篇将引领改革的文章，而就在这危急事件发生在水面上的那一刻，一个花花公子也许正坐在一家理发店里，被"殷勤"的化身刮着胡子。

我们的想象力是多么天马行空啊！

扫罗与大卫（二）

犹地亚王宫中的一个房间。扫罗闷闷不乐地坐在王座上。当我说"闷闷不乐"时，好像把这个人说得太小家子气了。一位统治者会闷闷不乐？对国王们而言，若是不得不感到生气或郁闷，实在是很不舒服的一件事。明明知道自己拥有无边的权力，却还是感觉烦躁和恼怒，这真是太讨厌了。

他看起来神色黯然，仿佛在为什么而哀戚。这可真糟糕。他在为什么而烦扰？是什么让他愁眉苦脸？他为何而悲伤？他已经尝不出生活的滋味了吗？也许，他成了自己的绊脚石？权力的感觉折磨着他吗？他可以随心所欲地发号施令，而所有人都必须服从。你会觉得，他应该非常满足才是。

这样的一个人为何还是不满足？他对自己的王位感到厌倦了吗？他当统治者已经当腻了吗？他累了吗？都是些多么古怪的问题！

他这是病了。就像是吃了太多美味佳肴倒了胃口。他不喜欢活着,但也不想死。他不快乐是因为老了吗?嗯,倒并不完全是这样。

那他现在想要的是什么呢?有什么能够抚慰他?他坐在这儿,沉默着、思索着。他的眉头可怕地紧锁着。没有人伤害他分毫,但是他觉得所有人都冒犯了他。每个人都害怕地窥视着他,仿佛在等着他做出什么可怕的行为。他想把他们统统撕碎,因为他知道他们惧怕他。没有人喜欢被人惧怕,因为恐惧近乎仇恨,而国王希望他的臣民爱他,就像孩子爱父亲一样。但扫罗并不被人爱戴。人们怎会爱上一个神色阴沉、紧咬着双唇、似乎在强掩怨恨的人呢?

他吩咐侍立周围的人,把大卫叫来见他。如果大卫来了,他可能会感觉好一点。

很快,年轻英俊的大卫走了进来,手中拿着他的竖琴,他知道他应该奏乐,于是立即拨动琴弦开始演奏。他就像一个艺术家那般弹奏着,完全沉浸于自己的演奏当中。但尽管如此,他还是用那机敏的眼睛小心翼翼地窥视着任何风吹草动,因为他感觉到了,自己正处于危险之中。

大卫已经不再是个孩子了。艰难的环境使他早

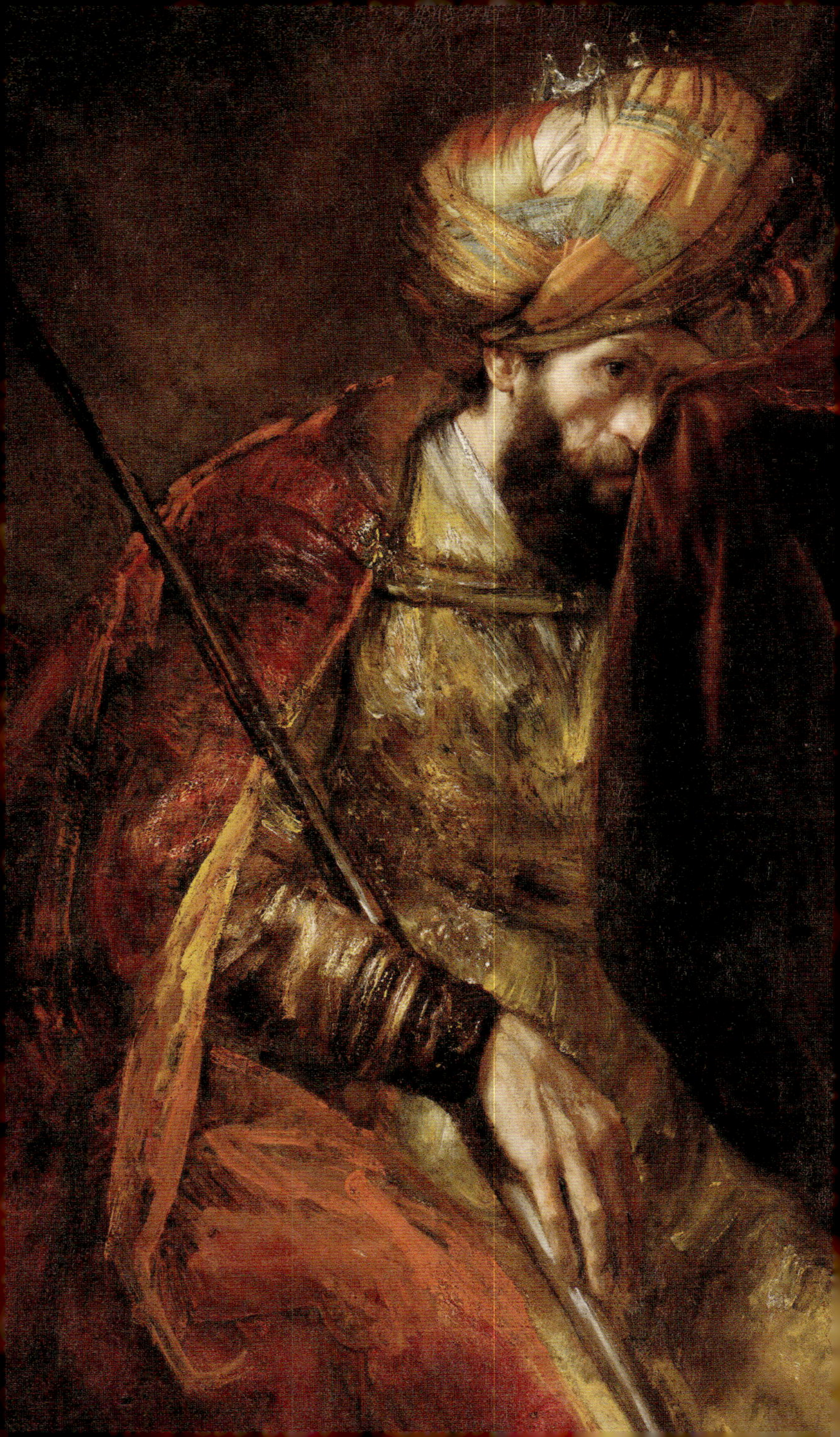

伦勃朗·凡·莱因（Rembrandt van Rijn）
《扫罗与大卫》 | 1655—1660 年

早就成长为一个深谋远虑、勇敢无畏的人。他勇猛，但又机智；英俊，却也同样精明；谨慎，但毫无畏惧。他英姿飒爽的脸上带着一抹微笑，直视着忿怒的国王的眼睛，仿佛在说：别急，慢慢来！他的内心有一种高贵的精神。他既拥有力量，也拥有优雅。

这两个人彼此相对，各自以目光直刺对方，这令人屏息的一幕被伦勃朗描绘得淋漓尽致。一边是不自然聚拢着的手警惕地环护着长矛，另一边则是一台竖琴。一边是穷凶极恶的状态，另一边则镇定自若。那边躁动不安，这厢平心静气。一个是暴力的，一个是平静温和的。

大卫的竖琴奏出的音乐似乎在说："不要悲伤。不要无谓地折磨自己。要温和，不要愤怒。不要怒目而视，因为站在你面前的不是敌人。这个世界是美好的。我们每个人心中都有各自的哀愁。有的人为这些而忧虑，有的人为那些而忧虑。我们不必因此而生气。与其愤怒，不如哭泣吧，这样对你和他人都更好。

"一个统治者难道不应该作出最美好的表率，难道不应该是万民之中最温柔、最耐心的那个人吗？他难道不应该是最优秀的人，拥有最广阔的心胸吗？

"悲伤并不美好，愤怒也称不上伟大。如果有什么事情烦扰着你，不要把它积为高塔、积为一座无法逾越的块垒。每个人都在烦扰之中，只是那些对世界和人类怀有善意的人，表现得好像并未留意这些烦扰。而你，则陷入了一种无法忍受的情感泥沼，你挣扎着反抗，却也无法保护自己。即使是掌权者，也不要忘了自己的无能为力，因为你们也是人。比活着要美好千倍的是：为他人而活，或者去观察别人如何生活。

"你以为我怕你吗？我什么都不怕，只怕自己内心的邪恶。这些音符向你道出了真理。毕竟让我到这里来演奏，是你自己的愿望。艺术是善良的，真理的声音是甜美的，前提是人们必须欢迎它，而不是憎恨它。千万不要意欲把高尚的情感和柔和的声音置之死地，而只让仇恨活着。那是一种自杀的方式，是把自己的生命亲手掐灭。要有耐心，因为一切都取决于它。与自己和解便是与所有人结盟，从此便不再有任何敌人。当我们所有人都与自己和解，就再也没有任何人拥有敌人。于是一切都会和解，和平得以确立。敌人只有唯一的一个，他无处不在却也遍寻无踪，他看不见、感觉不着，因此无懈可击。但是，一切感到有义务和自己作斗争的人,都必将学习抗争他、战胜他。除了我们自己之外没有任何不利之物,除非我们对自然施加在我们身上的限制感到不满——"

大卫的演奏被打断了。长矛紧紧擦着他飞驰而过。国王已经疯了。大卫笑着叫道:"它差一点就击中我了。多谢好意,但我很高兴自己还活着——脑袋、心脏和毫无残缺的身体!有了它们我将无所畏惧,也不会有任何软弱的感情在一生当中妨碍我。"

迪亚兹的森林

在迪亚兹画笔下的森林里,一个母亲的小小身影和她的孩子静静地站在那里。他们离村子有一个多小时的路程。虬曲的树干说着原始的语言。母亲对孩子说:"照我看,你不该这么紧紧抓着我的围裙。好像我在这儿就只是为了你似的。无知的小家伙,你到底在想什么呢?你只是个小孩子,却想要让大人依赖你。唉,多么没脑筋啊。你那迟钝的小脑瓜里必须得长出几分心智才行,为了这,我现在要把你一个人留在这里。马上把你的小手从我身上松开,你这个纠缠不休的讨厌鬼!我有充分理由生你的气,而且没错,我就是在生你的气。是时候把话和你说明白了,否则你这辈子都会是个没指望的孩子,永远得靠你的母亲。为了让你知道怎样才是爱我,必须要让你独立起来,你必须要去陌生人那里,侍奉他们,除了严厉的话语什么也听不着,如此一年、两年,甚至更久。到

纳西斯·迪亚兹·德拉潘（Narcisse Díaz de la Peña）
《放晴的森林》 | 1875 年

那时你就会知道，我曾经对你意味着什么。要是一直在你身边，你反而对我毫无认识。没错，孩子，你根本不努力，你连努力是什么都不知道——更别提温柔了，你这个冷漠无情的家伙。总是有我在你身边，让你懒得动脑子。你连一分钟都不会停下来想想，而这正是懒得动脑子的表现。你得去工作，我的孩子，只要你想，你就会有办法的——而且你别无选择。我说的没半点假话，就像我和你站在迪亚兹画的这片森林里一样真实，你必须胼手胝足挣一份生计，这样你的内心才不至于荒芜。许多孩子变得粗鄙，因为他们被溺爱，因为他们从未想过要学习感恩。后来，他们变成了外表看上去漂亮优雅的淑女和绅士，但实则还是自私自利。为了让你不至于变得残忍，不至于与愚昧为伍，我才这么粗暴地对待你，因为过分的体贴会造就没有良心和不懂关怀的人。"

孩子听到这些话，惊恐地睁大了眼睛，他颤抖着，而迪亚兹的森林中的树叶也一阵颤抖，但那些粗壮的树干却岿然不动。

林地上的落叶喃喃低语："这篇短文当中所写的东西看起来很简单，但有些时候，一切简单易懂的道理都从人类的理解中消失，只有付出巨大的努力才能领悟。"落叶如此低声说道。母亲走了。孩子一个人站在那里。他所面对的是这样一个任务，那就是在这个同样是一座森林的世界当中找到自己的方向，学会谦卑自处，赶走自己身上的一切自满，去讨他人的欢喜。

艺术家

此刻他感觉到了它——对，他就是这样找到它的。他立刻把重要的东西与那些不重要的东西分开，对一切外部的、表面的东西放任自流。只消一瞬，他便集中思想、抖擞精神、警醒意识。他迅速地辨别出什么是有意义的，因而他天性快活，也总是有理由感到快活。他的信念与他乐观无忧的倾向一同递增。当他人切问"现在怎么办？"且对前路一片迷茫时，他已经找到了自己的道路。他并不能清楚地看到这些路径，但他也并不认为有绝对的必要去看清楚；他随意朝着一个方向进发，走出的每一步自然会引向下一步。所有的道路都会通向某种生活，而这就足够了，因为每一种生活都有丰盛的应许，都充满了令人着迷的可能性。可以肯定的是，他绝不会去绞尽脑汁，而这是对的。并不是所有的事情都需要深思熟虑，苦思冥想也不一定就能变得智慧。当想知道的比自己适合知道的更多时，我们就会被一种更高级的力量所惩罚。恰当的做法，是相信我们自己以及周围的世界。有谁比他更能感受到这一点呢？当他穷困潦倒时，他比以往任何时候都更相信自己的能力；当他开始厌倦时，图像还有相信图像是美丽的这一想法会比任何时候都更强烈地吸引着他，让他振作起来。没有人比他更了解，什么是对生命的奉献，什么又是疲惫，同样也没有人比他更明白这正是大自然的旨意，明白那促使他不断创作的真正的勤勉与热望，实则来自间歇的惰性。如果这不是一个自然生长的过程，还能是什么？即便是田野里的果实也需要时间——到时候了：它察觉到了自己的宿命，察觉到了命运的束缚与自由，并与之和解。还有谁比他更真切地了解，对自己完全满意的同时又对自己有诸多不满，是怎样的状态？正是这两者引导他在自己的道路上越走越远。他曾一度发现自己停滞不前，而他选择相信一切仍无大碍；当别人认为他已经丧失才能时，他以最令人惊叹的方式展现了自己的能力，让那些无法作出冷静判断的人看来不可能的事情，变成了现实。在他的生涯当中，对于相信和不信总是格外谨慎，这保护了他不致狂妄或自弃。当他的谦虚引来嘲笑时，他依然毫不动摇地将谦虚作为自己的立足之本。空间始终眷顾他，时间任由他支配，世界一直忠诚于他，他也对世界忠诚——这就是他继续成长所需要的一切。他总是发现，天才与生之喜悦、能力与快乐、手艺与人类繁荣之间是隐秘相连的，他便由此发挥，借着时多时少的运气和技巧。如果他在某件事上失败了，他并不会彻底抛弃它，而是将它搁置一天，然后再加以审视，当他再次接纳它、认为其值得重新对待时，它就证明了自己的可取之处。随着时间的推移，他学会了耐心和温柔，无论是在生活中还是在他的工作室里。他把自己最快乐的时光归功于这种品质。曾经，他是伟大的；后来，看到盛名渐渐不再，他几乎想要怨恨自己，但他所拥有的天赋和对于内心团结的需要，让他即便对这种渺小也加以珍惜，直到他能够再次傲然挺立的时候。一天晚上，教堂的钟声敲响，街上的人群摩肩接踵，满心期待着星期天的到来，他坐在屋中，做出了决定。任何一个致力于复兴某种重要事物的人，都不应该过早地放弃对于取得成功的希望，否则就太可惜了，但如此已经很好了。

奥林匹亚

我写道:

"请允许我给您写一封信。我已经在您的窗前见过您好几次;您有些地方让我很有好感,我敢肯定您让我感到信赖,而我现在忽然想起在剧院里看到过的一个女人,我当时仔细地观察过她一番,也许是因为观察得太仔细,发现她看起来不再那么好看了。人根本就不应该去观察,不是吗?但为什么我们还是要这么做呢?真是奇怪,我们就是无法摆脱彼此评判的强迫症。这是一个多么大的弱点!您的房间宽敞又漂亮——但这话听起来可能有点冒失,如果是这样,那我就收回这句话,当我从来没说过。您穿得多美啊!想必您的所思、所感都非常高雅。最近,我坐在一家咖啡馆里,一个让所有人可以放松和休息的地方,忽然觉得有人在观察我,我的意思是,有人从某个方向注视着我,向我投来了某种关注。我立刻就感到这有些不妥，于是将目光转向一些人身上，那些人正静静地、对一切漠不关心地坐在那里。那些唯恐别人注意不到他们的人，反而得不到他人的崇敬。总的来说也许我应该变得更健谈一些，我比较沉默寡言，但或许正因为这样，我晚上睡得很不错。您可千万别把我想成一个懒汉！那可就太糟糕了，但是还有个女人，一个我时不时碰到的女人——如果她个子再高大一点的话，我可能会觉得她很美。不管怎么说，她的脸蛋值得一具挺拔的身躯与之相配。如果您觉得我的谈吐不雅，我会感到非常抱歉。我算是某种诗人，有时候是个非常清醒的人，却拥有一个近乎恋人的东西，这对我来说当然意义重大。为了纪念这位姑娘，我写了一本书，其中充满了种种令人眼花缭乱的偏执；但我绝不敢妄想她能理解这本书，不用说，我自然也没把这本书亲手交给她。我之所以写这本书，是因为她不允许我终日与她相伴，不让我全身心地奉献于她，而我本来是真心乐意这样做的。我多半不会冒昧地向您展示这本书，但如果您当真命令我为您读它，我也会毫不犹豫地从命。我是自由爱欲的化身，但同时我又渴望有人告诉我该做什么，该如何与周遭的世界打交道——我了解它，同时

爱德华·马奈（Édouard Manet）
《奥林匹亚》 | 1863 年

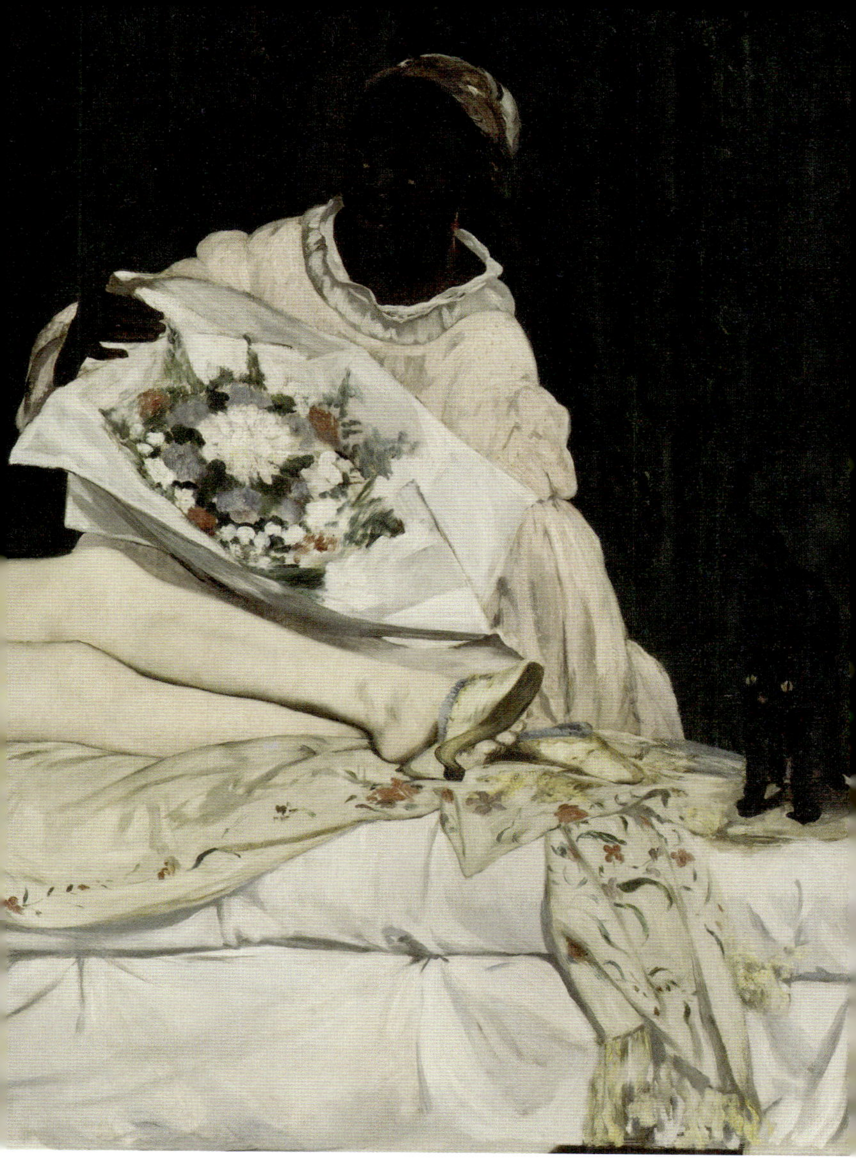

大概又完全误会了它。我甚至很可能不曾正确地对待和审视过我自己。顺带一提，对很多人而言，思考此类问题也许会对他们大有裨益。

"我是一个读了很多书的人，却没有能力被我所读的东西深刻地影响。书籍没有改变我分毫，这既可能是一种缺点，也可以是一种长处。我崇敬莫扎特和司汤达，而我认为您是个聪明的女人，却并不那么快乐——我这么说真是太没教养了！为什么您不能同时享有与惬意等量的智慧呢，我们又到底如何才能像我们所希望的那样快乐呢？如果我们的本性与我们的渴求纹丝不差地吻合，渴求就将不复存在，而拥有渴望其实是多么美好。为什么天空从来不在我们的脚下，而总是高高在上，为什么当我们可以仰望天空的时候会感到快乐？在您房中的案几上放着一个中国花瓶——请原谅我的眼睛，它们的感知太不细腻了——虽然这已经是不言自明的，而且本身并没有什么意义。若是对您阅读这些文字时产生的哪怕是最轻微的惊讶有所怀疑，那也是一种无礼，而我知道自己肯定不会如此无礼。此外，我花了相当长的一段时间（准确地说大约一刻钟）来思考，除了您之外，我还可以向谁提出请求，让她们邀请我共进晚餐——那将为我提供一个表达自我的机会，然后我得出了结论：最冷酷的女人将是最合适的选择，最矜持的也是最值得信任的。您多半已经打消了对我可能有意谄媚您的担心。在一天中，无论何时，与您在桌边相对而坐，对各种问题作出解答，这非但不会让我感到压抑，只会让我感到轻松；我感觉自己好像还欠某人一个答复，而据我想，此人对我的印象既不会好，也不会坏。我在这个城市——您在这里占据着令人尊敬的地位——生活了这么久，除了时不时地站在某家艺术书店前静静地观摩某件名画的复制品，然后回到自己的房间，写点关于它留给我的印象之类的东西之外，我怎么能不从事任何其他的活动呢？"

当我写下这些字句的时候，那位最美丽的少女正躺在我书房的沙发上，她雪白的肤色正在欢呼自赏，她所穿着的是闪闪发亮、最迷人的华服——一丝不挂。

"你好像工作得很投入嘛。"她开口了，我点了点头。当看到我停笔时，她说："给我讲个故事吧！"我走到镜子前，检查了一下自己的仪容，然后开始说起下面这个故事：

"一位作家在结过一次婚之后得出结论，说

保持未婚状态对他更有好处。然后，他又第二次结婚了，这次对方是个大户人家的女儿，她正打算接受培训成为一名歌唱家，为此，她就像一只小鸣禽一样，从早到晚都在唱歌。当他发现自己的写作因此被搅扰时，我实在是乐不可支。"

"你还有什么别的故事吗？"奥林匹亚问道，她就叫这个名字。

我继续说：

"不久前，小说领域的一位杰出人物去世了，他称得上是一位开拓者，作品的知音主要是厨娘们。他用自己的写作使她们感到如此触动，以至于纷纷感动得要跟在他的棺材后面一起行进，真是气派非凡。当我看到这一幕时，实在是乐不可支。"

"那些姑娘们真善良。"我的女主人高兴地说，对我所叙述的事情她毫不所动，只是以女神般的纯真无暇注视着我。我又重新开始讲述：

"从前有一个小伙子，他英俊极了。而他的愚蠢几乎比他的美貌更为出众，足以与一座教堂塔楼的高度相媲美。许多姑娘都想亲吻他，在她们看来，他的嘴就是为被亲吻而生的，但这小伙子从来就没有想过，自己竟然是有吸引力的。他那张从来没被吻过的嘴实在让我乐不可支。"

"他真是非常谦虚。"奥林匹亚说。我没有回应她的这句评论,转而开始阐述一种不同寻常的生活方式:

"我们总有些东西要系上或者解开,大部分时候,我们都是穿着些什么在身上的。每天我都会把自己弄得脏兮兮,然后擦洗干净。洗完澡之后,人们都会夸我面色红润。每天傍晚,我们都会聚集在树下,听听有什么事情要传达给我们。人群有时多,有时少,时而散开,复又重聚。时不时会有人让我站着不动,直到有人把我替下来,继续站在我的位置上。他们都认为我是个讲究人,于是颇以这种情状为乐,而我自己也觉得这挺好笑的。他们比我强壮,性情却比我要好。对了,我们所有人都会时不时拿自己开玩笑。我们的操练有时让我们觉得很逗趣。每个人的肩上都别着某种徽章。秋天的果实落入我们的手里,有时几乎直坠我们口中。挑剔责备我们是毫无用处的。一切针对我们的异议都会被我们的平静所阻挡。我们每天都会感到疲倦,但这些疲倦中又包含着新的弹性。晚上,我们紧紧相依而眠。我们首要的任务,是变得强大并保持如此,以至于没有什么能动摇我们的镇定。敏感性的降低之中有着近乎伟大的东西。感性使我们变得渺小。所谓的多愁善感会成为我们的负担。我随遇而安地栖居于此,但也收获了许多馈赠,都是些形形色色的愉悦。总是有美味在我口中,总是有些讨好我的东西在我脑中——我是说,在思想中——而这才是最有意义的。那些想要效仿我却不成的人,称我为自我中心。但是,为什么人们总是将我看起来富有的时候称为满足呢?他们非常重视让我看起来快乐这件事。只有极其偶尔,我会表现出一副让他们觉得不快的样子。有一次,我们来到了某个机构。刚走进去时,我看到一位先生正在和一位女士说话。两位看起来都非常高贵。"

"你是不是又要乐不可支了?"奥林匹亚问道。

"不!我们并没有发笑的习惯。从某种程度上来说,我们可能非常卑微,却被教养得太好了。我们身上弥漫着一种淡淡的骄傲——并没有说我们是模范的意思。对我们来说,保持安静就像是某种盛宴,然后我们便几乎总是忙于各种各样的事情。"

"美丽的灵魂,"就在我们踏过门槛的时候,门口的那位先生对那位女士说,"充满赞许地注视着,却也无视这一切从他们身边掠过的思绪。"

来吧，可爱的、崭新的、清新的、美丽的关于一位画家的故事[*]

来吧，可爱的、崭新的、清新的、美丽的关于一位画家的故事，让我来安抚你。我想和你谈谈一些敏感的话题。没错，我就是想要挑起你的愤怒。画家的妻子穿着漂亮极了的小底裤，她拥有最迷人的手腕和膝盖骨。她的四肢纤细、纯洁，光洁得闪闪发亮，眼下，这位画家配偶的奇迹遇到了一位领主夫人。"噢，我亲爱的姑娘，"夫人说，"你的底裤必定是可爱迷人，请给我看一看好吗？"那可爱的妻子立即回应了这个请求，展示了她的底裤，那位土地的耕耘者为此主动地投桃报李，也展示了她一直小心翼翼秘不示人的底裤。两位展示者和好奇心满足者带着愉快的表情投入

---

[*] 本文是瓦尔泽针对古斯塔夫·克里姆特的画作《女友》(*Die Freundinnen*，1916) 所写的一篇小文，在其去世前从未发表。

了对方的怀中。领主夫人对画家的妻子说："请务必把我介绍给你的丈夫，好让他画出我领主夫人的光辉气势。"那位名叫察勒*的画家，当他看到这两位底裤展示者穿着底裤向他款款走来时，他马上就悟到，大概是要接到一个委托了。那尊贵的女士在一张天鹅绒扶手椅上庄重地坐下——这扶手椅让画家的画室生色不少。"你那和善的妻子，"她说，"将会经常在我身边出现，而你，我亲爱的肖像画家，将会经常为此而感动，深吸一口气，让自己平静下来。"画家立刻投入了工作，大胆地挥洒着——可以肯定地说，他的领主夫人画像在色彩和造型上都极为成功。在农家的灵魂当中欢快地响起了底裤的赞歌。画家耐心地接纳了这声音，而这位画家妻子气质的迷人标本也露出了微笑。

---

* Zahler，本意为"付款人"。

画家卡尔·施陶费尔 – 贝恩生命中的一幕 *

施陶费尔：我的弟弟比我更幸福。当我想象着他的官职、他田园诗一般的律政工作，我真的很羡慕他。他在友善的环境中度日。他的办公室通透、明亮、干净。他没什么大事需要担忧。他享受着自己微薄的收入。他所居住的城市不仅有着活泼、聪慧的人民，而且被迷人的风景所环绕，宜于进行各式各样的散步。星期天，他会登上那座从其管辖范围当中拔地而起的山峰，站在那天

---

* 卡尔·施陶费尔 – 贝恩（Karl Stauffer-Bern，1857—1891）是本篇和下一篇文章的主角，他与其赞助人莉迪娅·韦尔蒂 – 埃舍尔（Lydia Welti-Escher）有一段曾掀起轩然大波的风流史。当两人逃到罗马时，她的丈夫——一位有权有势的瑞士政府部长的儿子，逮捕了施陶费尔 – 贝恩。在监狱和精神病院被关押了几周后，他被释放到他弟弟的家乡比尔（Biel），那里也是当时才十二岁的瓦尔泽的家乡。不到一年后，施陶费尔 – 贝恩自杀身亡，年仅三十三岁，几个月后，莉迪娅·韦尔蒂 – 埃舍尔也随之自杀。

卡尔·施陶费尔-贝恩（Karl Stauffer-Bern）
《莉迪娅·韦尔蒂-埃舍尔的肖像》 | 1886 年

晓得多么天堂般健康的空气里，享受着最高远、最惬意的景色。

莉迪娅：而此时您长吁短叹，就是因为您有取悦一个女人的义务——这个女人对某人的天资提出了一些要求，但那人似乎并不愿意有人指望他来作伴，他无法掩饰自己已经开始感到无聊的事实。

施陶费尔：在经济上依赖于您，这让我感到屈辱和愤怒。

莉迪娅：施陶费尔！

施陶费尔：比如说，当我弟弟突然觉得，他可能想要读一本书，那就没有什么能够阻止他花上一些时间来享受这愉悦的消遣。

莉迪娅：而您呢，必须要先向女主人请求许可，才能读这本书？您的意思就是这样，对吧？

施陶费尔：我希望能够保留它——留给我自己。就像享用一道美味一样享用它。

莉迪娅：换作其他任何一个人，此刻都会扬长而去，好让您明白您的言语是何等无礼。您要是不想再和我在一起的话，大可以随时离开，想去哪儿去哪儿。

施陶费尔：也许我根本就不应该认识您。

莉迪娅：您说话就像个不乖的孩子。这里可没人束缚您。(她把一只胳膊环绕在他的脖子上，仿佛这只纤细的胳膊是一道枷锁，而说这话的人意图反驳她自己先前所说的话，觉其滑稽可笑，假装未曾说过。) 您就不能心情好一点吗？

施陶费尔：我的艺术让我思虑深重；您无法想象，我要如何振作自己，才能感受哪怕只是一丁点的快乐。在我看来，遗忘是应该被惩罚的。我通过接一些肖像画的委托来磨练画技。某些人称我为大师，而我的智慧让我相信，他们之所以如此称呼只是出于方便——这一类轻巧的字眼是如此飞速地跃过那些口若悬河的嘴唇。现在我完全没有任何进展。

莉迪娅：可怜人儿，请原谅我刚刚对你生气。

施陶费尔：您的怜悯侮辱了我。

莉迪娅：你看，你就是这样糟蹋掉你我的每一个无辜的、感性的时刻。当我叫你可怜人儿的时候，不过是在爱抚你。看看你现在的表情是多么扭曲，眉头皱成了什么样子，好像受着天大的折磨。在我认识你之前，我以为你是个最快活、最随和的人。大家都说你充满了源源不断的活力与喜乐。我怎么听信了那些漂亮的传言，造出了那么可爱的一个形象！其实你根本不是那样。有时我觉得你简直是心肠恶毒。

施陶费尔：再重新从风景开始……

莉迪娅：你在说什么？

施陶费尔：我在自言自语。

莉迪娅：在我面前自言自语？我对你就这么无足轻重吗？你早就嫌我碍事了，对不对？倒是说啊！

施陶费尔：这些天来，我一直试图折磨你、摆脱你，但我做不到。我正在和艺术苦斗，也在和你苦斗——我是说，和"您"。我刚刚意识到，我所行之路都是属于您的，我犯了一个礼节性错误。

莉迪娅：你是我的，你可以用"你"来称呼我，我允了。唉，你要主宰我是多么容易啊。但你的艺术已经奴役了你。如果你不是对自己那么焦虑、不是一直妄自菲薄，如果你好好思考该如何提升自己，而不是没完没了地像个小学生一样一板一眼，你简直不费吹灰之力就能用几个小伎俩让我对你俯首听命。

施陶费尔：你希望如此吗？

莉迪娅：我不想回答这个问题。难道你就不能为了一些小事，大声地、发自内心地笑一笑？

我最渴望的，莫过于看到你快乐满足。

施陶费尔：我今天要在你的画像上多下功夫。

莉迪娅：有没有可能在你的工作中找到更多的轻松、自由、美丽、宏伟、闲适和想象？这或许全靠你自己。我不想说你是清醒的，即使我现在已经这么说了，我也不愿意相信，不愿意承认，我几乎不相信这是真的。（对自己说）他病了，我也病了。我们两人都缺乏轻松活力。我以为他是一个激情洋溢的胜利者、无往不利的征服者，现在我不得不意识到，他其实在为自己苦苦挣扎着。多么令人失望！（这失望如此深切，以至于她昏了过去。）

施陶费尔（抱着她）：当我们无法轻松地对待生活时，它会变得多么沉重。常识已经告诉我们应该怎样做，我们为什么就做不到呢？既是我们应做的，就是我们能做的。但我的内心却有什么在抗拒。求求哪位神明让我脱离这任性的颓唐吧！她为什么如此善良？为什么不轻蔑地把我打发走？但她做不到。我们两人在相伴踌躇，在一起犹疑不定。（莉迪娅醒了过来。）

莉迪娅（嗫嚅）：谢谢你。

施陶费尔（轻声地，颤抖地）：恨我吧！用行动来恨我！在我看来,这似乎是可以拯救我的途径。

莉迪娅：友谊啊,你是多么令人痛苦!

施陶费尔：我和你在一起,只是为了等着看我自己会有什么下场吗?

莉迪娅：如果我是一个普通人家的姑娘,我不会给你这么多时间来考虑,负责让我开心这件事合不合你自己的意。有教养的女人总是忍让得太多。在这一方面,出身高贵的姑娘们所接受的成长教育是有缺陷的。我得控诉自己实在是太有良心。不过,现在该是喝茶的时间了。(施陶费尔一言不发,习惯性地跟在她身后。他已经被宠坏了,而正是因为被宠坏,他才这么烦躁不悦。也许他什么都不爱,什么都不尊重。本质上来说,他可能连什么是对一个女人的尊重都毫无概念。对于这一点,她自己无疑也有一部分责任。此刻,她正在思考着什么。)

除众多题材之外,他还画了他的女主人

除众多题材之外,他还画了他的女主人。这必定是借着深厚的情感和高超的技巧完成的。但除此之外,他自己的境况又是怎样呢?让我们在此好好审视一番如何?他的生活经历伴随着这么多、这么多的痛苦,可以说,这些痛苦都是拜那些商业部长们的妻子所赐。他绝不应该和这些女人来往。然而,我们说起来很轻松,但命运对他的安排就是如此。他的职责注定就是要将这些精致高贵的尤物一一画下以换取现金,而总的来说,他似乎取得了令人完全满意的成果。他突然出现在一座别墅的花园里。若是这座别墅给他留下了温馨的印象,而他要向别墅的主人索求一点爱意,我能阻止吗?除非他绝对从未有过这样的念头。她姓甚名谁,我们不方便透露。否则就太鲁莽了。就我而言,我更愿意叫她小妹妹——这就足够让她把我撵走。在他眼里,她似乎很痛苦,这本身

就为他提供了足够的理由,来与她发生一段风流。由此我们可以得出结论,他对自我责任的标准相当宽松。换句话说,他并不了解她。他对人类的认识太少了。对了,这里也把他的名字隐去。他们两个的名气都大得吓人。不幸的是——因为现在,突如其来地,她认定他是个小偷。除了某种"别墅式"的突发奇想之外没有别的原因,对了,还因为她读过易卜生。那时候易卜生是最时髦的。而一个叫费利西安·罗普斯*的人正在造访音乐厅。这些都是那个时候的事。这个可怜的家伙,突然在她心中唤醒了巨大如山的不悦,而曾几何时,他为她带来的欢乐可是有少女峰、艾格峰或是僧侣峰†那么高!显而易见,除了易卜生之外还能怪谁呢,难道你不这么觉得吗?可怜的易卜生!她

---

* 费利西安·罗普斯(Félicien Rops,1833—1898),比利时画家、版画家。罗普斯一生极为多产,画作题材广泛,风格多变,几乎所有题材都有涉猎,但在后世流传与闻名的多为女性、情色、夜生活题材的插画和漫画作品。1883 年,罗普斯加入比利时艺术家团体 Les Vingt(二十人社),该团体存在的十年间定期在巴黎和布鲁塞尔两地举办前卫艺术展和音乐会。罗普斯的风流韵事也颇多。此处提到罗普斯,应与其类似的经历有关。
† 少女峰、艾格峰和僧侣峰是阿尔卑斯山脉位于瑞士境内的三座最著名的山峰。

现在在他面前站直了，开口道："你承认吗？"他惊恐地缩成了一团。她说话的方式让他感到如此异常，如此陌生。她疯了吗？她已经失去了她那光辉的殿堂吗？（我们指的是她的智力。）可我们怎么能说得这么粗鲁呢！他答道："我不知您所指为何。"于是她轻轻一挥手，两扇大门就打开了，肖像画师被以贪污的罪名逮捕——换言之，是因为某种不够纯洁的东西而被捕。他徒劳地抓着自己的艺术脑袋。他无法理解，而这对他更是雪上加霜。理解或许对他同样没有好处。他只是沦为了那受着衰弱之苦的人的牺牲品，这衰弱正是易卜生所致。那陈列着她的种种不满和精神折磨的美妙的肖像画廊渴望着一个牺牲品，而他正合适，我们几乎不得不称他为一只羔羊。唉，他总是那么想要当一个乖孩子。艺术家们就是这样。当他被小心翼翼地带走之后，她就像埃莱奥诺拉·杜斯*一样无力地跌坐在椅子上。她爱上的，是她自己对他所犯下的灿烂迷人、卓越绝伦的错误。在别墅里过着奢华生活的女人们就是这样。出于体

---

* 埃莱奥诺拉·杜斯（Eleonora Giulia Amalia Duse，1858—1924），意大利著名女演员，演技超群，情史丰富。

面，我们就不多说什么了。谢天谢地，没有人会猜到我们谈论的是谁。从他候命的房间中看出去是一片令人心醉的景色。他像一个革命者一样撕扯自己的头发，然后公布了这件事。信件纷至沓来。过了一段时间之后，他再次羞怯地走出屋子面对公众时，他得知自己已经被撤职了。得体起见，我们想说的就这些了。我们不想把这事说得太细。有的女人为了忍受自身的存在，出于绝对的不得已而做出神秘的行为。她想要万无一失地伤害到自己，于是，她伤害了她所推崇的人。你明白这其中的关系吗？这实在简单得不能再简单了。他常常去山上画水彩画。他的错误是对自己的才华不够坚信。面对他始终不断的质疑，才华为自己报了一箭之仇。像这样的才华想要的是轻松，想要的大概是在其拥有者心中沉睡，而不是被疑问和刺激性的言论纠缠不休。这位艺术家的才华煽动了对他的反叛。他把他的天赋撕得粉碎。多可惜啊——否则的话，他看上去还是一个相当坚定的人。他着实是把自己变成了别人的谈资，已经到了对他有害的地步。是的，事情就是这样。据我所知，那座别墅现在已经变成了一家餐厅。那位女士穿着又长、又重的裙裾。实在是可惜，对于此事我们不得不采取如此谨慎得可怕的态度。我真是想要一吐为快。但话说回来,限制有时能让对话变得更有趣。我请求您心照不宣地阅读这些文字,也就是说,以一种不泄露作者任何秘密的方式来读它。我言尽于此,不能说得再细了。暧昧不明能带来一种惬意和无忧无虑的印象。你起身,留下一些东西,却没有注意到它。你错过了什么,却没有注意到它的缺失。若是没有一定的漠然,就不存在优雅。

比亚兹莱

您是否见过这个英国人的画作，人们只能想象出他年轻时的样子？我确信，他每次露面总是打扮得非常优雅。有关他的生平，我只知道他搬到了巴黎，显然是他对这个城市的向往驱使他来到这里。他给自己租了一个宽敞的、装潢讲究的房间。当然，也有可能是两个房间，甚至是三个。他在这儿读了很多书，也画画，也可能主要是画画，读书是次要的，或者排在第三甚至第四。我记得曾经看到过他画的一把剪刀，非常精美。如果画画让他感到有些疲倦，他就拿起羽毛笔开始写作。我读过他的一本袖珍散文集，迷人且令人陶醉，在我看来，它吟咏得——我是说写得——非常率性而有格调。他还时不时地写些诗。但最重要的是，他的画就像春天一般，温柔，梦幻。但卓越之处在于，他既不缺乏那种充满庄严感的坚定，也不缺乏那流露着欢愉的精确。如果我对他的想象是

《自画像》| 约 1892 年

奥伯利·比亚兹莱(Aubrey Beardsley)

准确的，他常常会以一种高雅的、一丝不苟的懒散姿态整天躺在他那张奢华的床上。他的懒散本身就是一种工作。他所描画的形象让人们觉得，这些堪称刺绣的艺术作品仿佛是由那些红雀和知更鸟啁啾嬉笑着创造出来的。作为一个插图画家，他是否功成名就？那当然！他常去剧院吗？我想是的。他英年早逝了吗？似乎如此。在他的作品当中，有一幅画描绘了一支燃烧着的蜡烛。可能还从未有一位画家把烛光摇曳描得如此烛意盎然、如此摇曳生姿。他画的女人有着说不出的诱人嘴唇和柔软、精巧至难以形容的鼻子，他还描画女人们的发型样式，用他的画笔把我们领进最错综复杂、葱茏茂密的花园。当感到自己尘缘将尽时，他有些恼火，因为他似乎有点儿过于多产。他并没有道理这样做。他只是觉得自己十分软弱，疾病让我们在与社会、与周围人的关系当中变得过分好心。也许他迷上了忏悔的姿态，因为他的确非常敏感。

也有可能，他一度敢于向我们展示那双过于详尽地见证了尘世享乐的眼睛，但这位好心人又对此事以及其他的一些事情感到了诚恳的悔恨，对那些带着微笑的目光打量画页的人来说，这种诚恳是可耻的，因此他日渐憔悴，而倘若他天生迟钝，这一切本可避免。

如今他似乎已经逐渐被遗忘了。

那么，这几行字句又会让人们想起他。

聊聊时下已经不再被大家提起的人感觉挺不错。

这么做，可以让自己显得风雅。

华托的一幕短剧

舞台布置成公园的样子，其中的树木看上去是正在交谈的人形。戏剧角色：漠然者，骗子，感性之人，小丑。

漠然者：众人常常诧异于我的无动于衷。我所激起的一切愤慨也伤害不到我分毫。我的内心已全然干涸，不知朋友为何物，但也没有敌人。我既非慈善家，也不是厌世者。最重要的是，我身着昂贵而滑爽的天鹅绒，若我看自己像是一只美丽优雅的大猫，只为自个儿活着，这个比方倒是确有几分妥当。生活嘛，对我而言就是一间豪华的餐厅，里面只有我独自一人享用着面包。我独有的殊质，就是从来不会感到无聊。我的四肢好像是以雪花石膏一类的东西制成，相当地柔顺。无论在何处，我的各种举止都显得极为平和冷静，

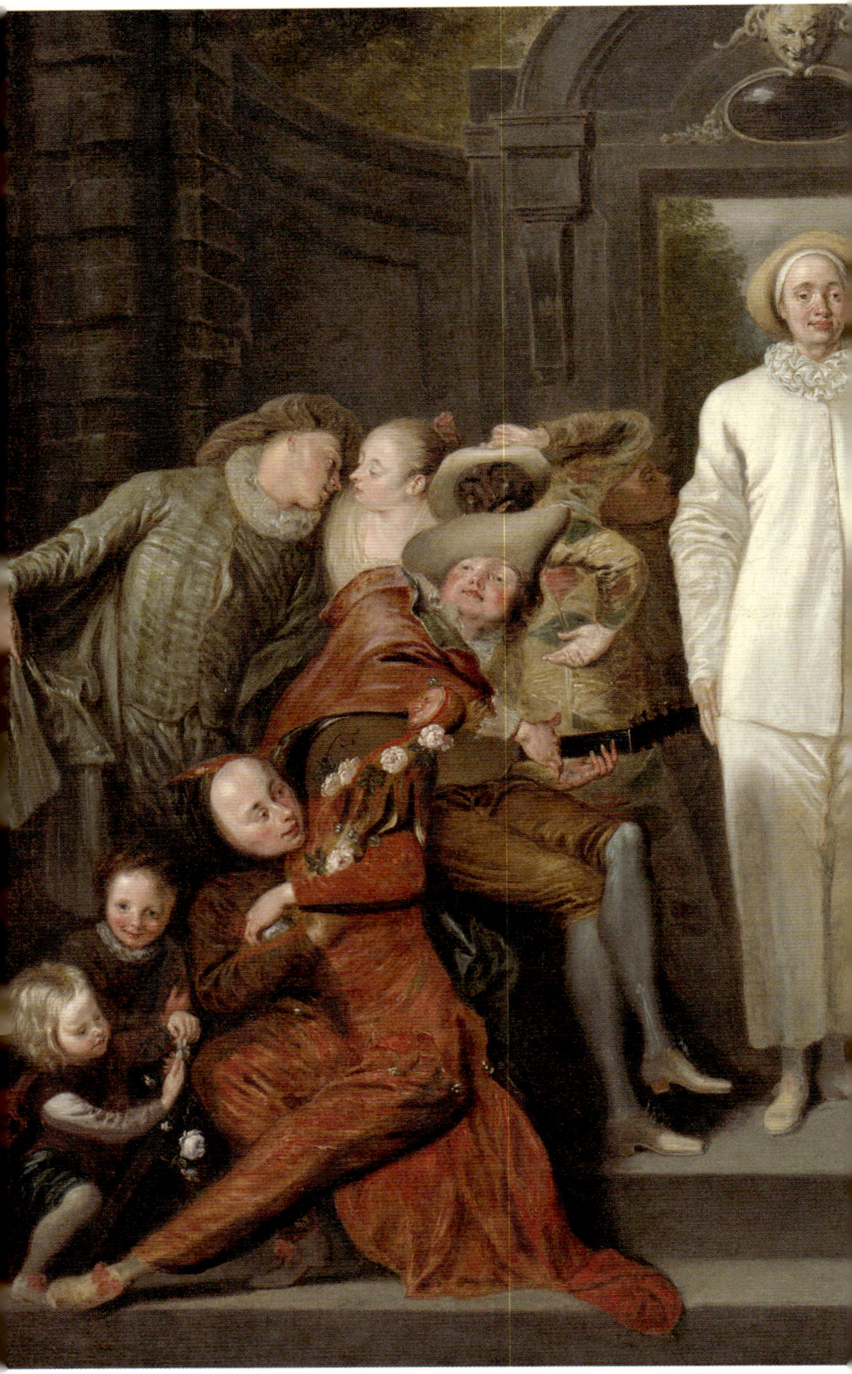

让-安托万·华托（Jean-Antoine Watteau）
《意大利喜剧演员》 | 1720年

这便是我特殊的天性使然。我就像一支蜡烛,以火焰自我嘲弄,总是站在同一高度、同一深度。请不要以为我是没有感受的——那可就大错特错了。但我的怪异和独特之处在于,我的感受是无感的,而我的无感又富于感情,这状态也许只有我自己尚能理解。当我伸出手臂,它就能像缄默本身一般,在它伸展而出的静止当中存在着,我月光般的脸庞显露出一种快活的憔悴,一种似乎由我自己的戏弄而造成的沮丧。难道,我的心不就像一个冰冷的太阳,我的神经不就像一条条炽热的却纯属乌有的线路吗?而我所在之处,难道不是总被一种疏离的感觉笼罩?我从来没做过坏事,也没做过什么好事,有时甚至在我自己看来也几乎形同木偶。但我未曾活过的生命就像一棵壮美、翠绿的巨树一般耸立在我蓝黑色天空的疑虑中,我怀疑自己是亘古至今最灵魂充沛的无灵魂生物,是未曾讲出口的迷人话语,是从未赠予也从未被接受的吻,那吻如此甜蜜,足以叫人为之而死;我是最枯燥的永不停息的苦役,还是从未流下的、已石化的泪水,像珍珠一样从我的脸颊滚落,显得既忧郁又诙谐;我是一只中箭的鸽子,血淋淋地从金色的空中哀鸣着坠落,还是罪恶的虔诚，一种乏味的姿态，好比是一个仓库，里面堆积着各色欢愉以及一种行动丰富的生活所包含的全部活力。对于我有幸在自己身上犯下的谋杀，我从未胆敢有一丝遗憾，这么说大概有点自相矛盾，因为像我这样一个冷漠的人怎么可能对如此辉煌灿烂的欢庆有哪怕一丁点的认识、对胜利的游行队伍有所观察——就像我们在长眠初醒时，如何能想象那种要实现某个目标的欲望；或者在一段漫长的贫瘠期后，要以何种形式，才能设想出对于孕育我们所说的爱的渴望。我睁开和闭上眼睛的方式让人想到拉起和降下剧院的帷幕，其间上演的是一场优雅、精致的悲剧。噢，要是能有一次——哪怕仅仅一次——我表现得粗鲁一些，就会成功地显示出资产阶级倾向了。骗子好像认为现在该轮到他发言了。人们是否注意到我，或是我有没有机会表明自己的存在，这于我都是无所谓的事情，既然如此，此时退场是最自然不过的，也就是说，我宣布就此离开。如果我像一朵郁金香，一朵玫瑰，一朵康乃馨或是一丛夹竹桃，我会散发出梦的芬芳，也散发出那种徒劳的清香：徒劳地让自己相信我的退场可能具有某种意义，而不仅仅是自小培养的一种习惯。

骗子：我对表现坦率的举止是如此深爱，以至于每一位女士都立即对我深信不疑，我的骗术甚至成功地骗过了我自己。我的背叛是我的幸福。骗子比任何一个诚实的人都要英勇。以我之见，我炉火纯青的欺诈——其中看来不乏聪明才智——为某些人会带来更多的快乐，若是我对他们诚实以待，他们反倒会不那么开心。正因如此，我认为本人堪称贤者。

感性之人：当漠然者对我的付出一笑置之时，他也在自怜，而这就让他自己的微笑付诸东流了，这个微笑有一片广阔的草原那么大，单单由最苍白的美丽组成。我带着花儿回家，把它们松松扎成一束，像个勇敢的旅人一般昂首阔步，同时又像被催了眠似的痴痴站定，如同一个人看到了他的爱人，那一瞬就如被施了魔法。花瓶里的花儿很开心，因为它们是以她的名义被采摘的——那个拒绝我忠心表白的人的名义，她拒绝了我，因为那些表白是一个感性之人的恳求、倾诉和妄语。但我是多么地心满意足啊。在我单恋的渴望中有一片美好的协和与自洽的海洋，而她对此一无所知，这种无知使我更加爱她，而眼前这些花儿！

如果有人看到我在和它们说话，他一定会以为我是个疯子。我正向它们弯下腰去；我旋即又跳开，仿佛这些天真迷人的东西让我充满恐惧。感情啊，你的姿态是多么可笑！但感性让我变成了一个滚动的环，一个飞舞的光球。我是一个无忧无虑的球体；我为倏忽而至的想法颤抖、闪烁，完全不必刻意为之，它们就像一群孩子一样在我身上、与我一起捣蛋——在孩子们玩耍时，街道、广场、房子、楼梯和整个世界都是属于他们的。我的多愁善感在玩弄我吗？我一会儿很高兴，一会儿又被这些花的颜色刺伤、侮辱、戕害和碾压；它们时而给我力量，时而又让我迷惑。但有什么区别呢？此时此刻她在做什么？毫无疑问，如果没有她，一个感性之人是绝无可能就此安心地继续生活下去的，因为若是没有这独一无二的她，他就不可能如此多愁善感，而在一切不可能之事当中，不多愁善感是最最不可能的。综上所述，我是那种接受自己的人，其程度接近于完全。如果你有哪怕是最微不足道的一丁点儿兴趣想要理解我，哪怕只想部分地了解我，都有必要领会这一点。

小丑（看上去非常庄重）：感性之人，想要领会你易如反掌。漠然者比你更伟大，更有意义。感性之人让人嗤笑。但面对冷漠，人们会像被石化一般僵立，凝视着那令人不快的永恒。骗子引人发怒，但与此同时也会激起某种赞赏。我本人就是圆滑的化身，我致力于性情的平衡，从而在形形色色的个性之间提供平等的权利。我引人发笑的天赋是一种美德，这种美德的伟大之处在于，它源于永不可能有人欣赏的这一信念。我之所以被人嗤笑，主要是因为我庄重的外表。人们以为这是无意，其实它当然是有意而为。但我的专业、我的使命首先在于使尽浑身解术让我的听众坚信我实际上是个傻瓜。我为他们提供一种错觉，让他们以为原真与无邪依然存在。每当我呈现出自己精心照料的从头到脚的邋遢时，他们理应感到愉快，这不修边幅实为一种艺术成就。我的外表让人想到事物的自然状态，比方说：一个孤儿。他们觉得我棒极了，但对我自己而言，我根本不是那样。可平心而论，我必须要为自己有能力唤醒那快乐的状态而感到高兴，毕竟它让我得以混口饭吃。

四人一齐（牵手前行）：我们彼此的相似之处

比你想象的要多，只是在细微之处有所分别。一切色彩、声音、词语和个性都相互关联。我们活着，因而在每一细节都互为相仿，只是我们各自表现自我的方式不同，于是也以不同的方式被感知。

让-安托万·华托
《舞》| 约 1719 年

华　托

　　我对他所知甚少，但我仍像在草地上漫步一样，毫不迟疑地步入描述其生平的任务，就像步入一个诱人的、贴着漂亮墙纸的小房子，他生平致力于欢愉——我想说的其实是艺术，或者换言之，致力于自得其乐。他作为一名学徒来到首都，迫不得已自学成才，掌握了些技能，在孜孜不倦地吸取实用知识的同时，他也培养起了自身对生活的热爱，他为其悲叹，便继而将其理想化。可能在很小的时候，他就不得不告别呼吸和行走、思考和饮食、睡眠和种种活动；相应地，他也很快就意识到自己对感受的渴求，他既见识过阁楼斗室，也见识过富丽厅堂，认识了三教九流各色人等，他悄悄退回到一个完全属于自己的区域，在避世当中找到一种近乎完美的快乐。一个人若是乐意活着且为此感恩，就会活得愈发心平气和，无需狂热、仓促地去处理那些越是轻松淡定越能处理得好的事情。我碰巧读过他的传记，但从中收获不多。当我此刻试图描绘他的形象时，他于我就如同一个愿望、一个憧憬，所以我这寥寥几笔的草绘所呈现出的轻灵纤弱丝毫不令我惊奇。比如说，他曾以一个所谓漠然者的形象出现过。这只是偶然，还是他想通过这一化身表明，对于一个有感知的人来说，外在的表象和既定的现实是何等地无关紧要。与其他人都不同的是，他知道如何为他的期望、犹疑和他从世俗生活的粗粝中的逃脱赋予宜人、可爱的表达。顺便一提，我曾经对一个见识经历极广的女人说，我们在处事时应该更多地放手，这句话为我赢得了一定的赞赏。我所谈论的这个人并不缺乏才能，这才能对他来说是一种真正的天赋，凭借这天赋——正如他的生平创作所表明——他有能力带来各式各样美丽的事物。从他的画中，人们有时能听到叮叮当当的钟声，有时能听到沙沙的树叶摩挲声。他偶尔赋予树木以浪漫的形象，但栖于他体内的所有浪漫都有着良好的教养，从他以自由和乡村生活为题材的画作中就能看出这一点：画中衣着光鲜的人欢欣文雅地济济一堂，在苍翠之间席地而坐，欣赏音乐或是诗歌的表演。在他的一幅着实迷人的画中，一个穿着花衣服的小女孩在跳舞,仿佛她本人就是欢愉和娴雅的化身。那些从远处温柔、谨慎地向近处窥视着的,正是我们想要触手可及的东西,那陌生却又亲密、熟悉的距离。

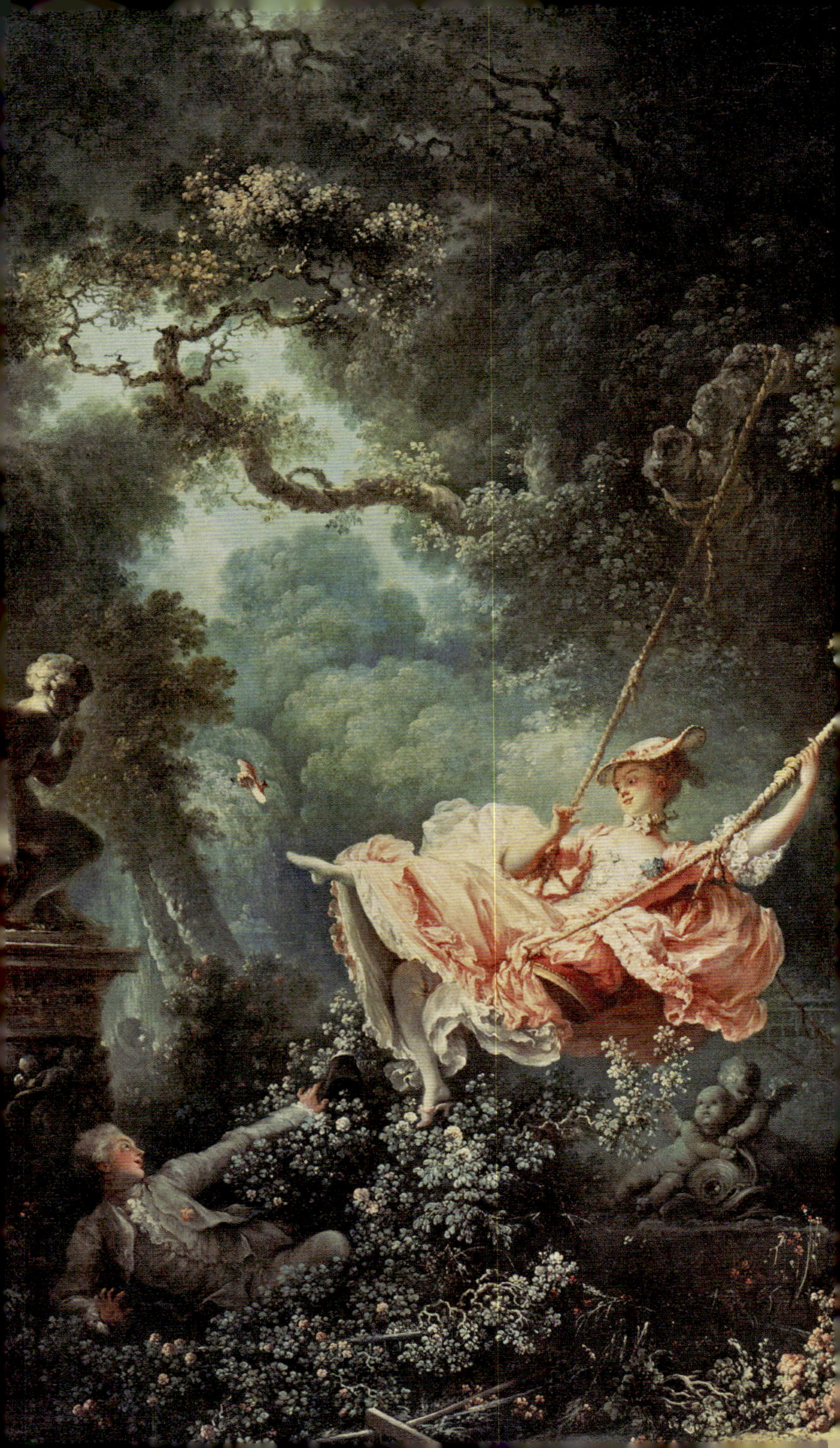

让-奥诺雷·弗拉戈纳尔（Jean-Honoré Fragonard）
《秋千韵事》| 约 1767 年

弗拉戈纳尔的一幅画(草稿)

在我永远忙碌的头脑中,一直涌现着一首诗的诗节,这首诗要是写出来的话说不定挺美的,题目会叫作《卡普里》(*Capri*)*,而我眼下其实还必须作一次短暂的拜访,但我在心里把这件事也往后推了,因为有这么一个画家让我非常感兴趣,好像即便我懒得去解释他画的是什么,这本身也像是个故事。他还没有任何一幅原作,让我看了以后会觉得他的生活中曾出现过神圣的灵光一刻。任何放在某个花园里的秋千都会让我想起他,这位经历过所谓过渡时期的画家。在他的画作中,不是有一幅关于小拖鞋的不朽之作吗?一位洛可可美人坐着绑在树枝上的秋千鞍座,忽上忽下或是来来回回地摆动,背景中的密林就与美人一样

---

* 卡普里是位于意大利南部的一座岛屿,地处那不勒斯湾,是著名的旅游胜地。

妆扮精巧、婀娜蜷曲,而她的爱慕者则在享受地看着她。对一个懂得生活的男人来说,为一个女人的快乐而感到愉快,这是极大的幸福。关于我正在谈论的这个人,我轻而易举就能冒险写一篇关于他的论文。他的具体情况和经历不为我所知,故无需提及,这就让我的工作变得更加无拘无束了。他最著名的作品或许是《吻》(*Der Kuß*),它可能是欧洲绘画史上最可爱的画作之一。当我看到这幅画的雕刻版画的那会儿,阳光明媚,写下这几行字的笔者正在一座长廊中满怀爱意地散步,想要尽可能永远地抓住少女衣袍的皱褶。我的整个派头是弗拉戈纳尔式的。每扇窗口、每家商店、每个公共广场都在向我讲述一些故事,而我也投桃报李。我的存在的特别之处在于——顺便一提,我发现一个穿着伯尔尼传统服装的少女美若天仙,尽管这位少女也许对我来说绝不构成重点,重点可能是要去追寻和发现这样一个事实——我的身上带着两种爱,一种是伟大的爱,一种是普通的爱,但对我来说,普通的爱是伟大的,不平凡的爱却是渺小的。我拜读过卢梭的《忏悔录》,但一则,仍然不免臣服于一位女主人的石榴裙下,二则,出于礼仪,对她的女仆也不敢有少于女主人半分的恭敬，因为我只能这么推测，前者既不愿看到我对二者的敬意相同，但同时又乐见于此，这会让她兴奋，让她觉得很受用。一个出身豪门之家的小女儿，有着中等个头，每天只要一看到她，心就融化了，这就是伟大的爱情，但一想到人们可能以为我爱的是她的财富，我就因道德的愤慨而颤抖。对爱她的人来说，知道这位美得迷人心魄的少女同时也富得迷人心魄，这不是又多一分吸引力吗。否认这一点的不过是伪君子罢了。若是这篇文章的对象从未在阁楼里住过，那这一切对我而言就越发生动了。也许对于住阁楼的人而言，他住的阁楼越简陋，优雅的就越优雅，艺术就更有艺术感，爱情则更添爱意，女人会更有女人味，快乐还要更加快乐。回到这幅主题如此娇艳的画上，我们或可称之为一幅侍童图。透过半掩的门缝，可以看到一群人正坐在那儿吃饭，看上去仿佛代表着某种陈旧的社会制度。画面前景中所描绘的事情当然在任何时代都有可能发生，不一定有什么革命的意味，但它同时又永远是一种革命，因为真正美好的亲密关系总是以某种方式反叛传统和威望的。这座宅子的女主人——她显然是这个身份——柔顺的身影靠向他，让自己的脸颊接受亲吻，由于吻她的这个人个子比她小，若是他想拥有一番缱绻，就必须尽力伸展自己、拉长自己、延展自己。她的表情中既有恐惧，又有快乐，这种复杂的情绪流露在这样一张美丽的面孔上，让她显得如此生机盎然，而与此同时，那些正品尝着葡萄酒、忙着谈笑风生的人，他们的耳朵要是捕捉到了这边正在发生的事情的一丝动静，他们的好兴致可就立刻一扫而空了。但愿他们具备完善的不闻不问的能力，毕竟作为彻头彻尾的古典主义者，是不屑于任何浪漫亦即深刻的事物的。在我看来这幅画最值得品味的地方，是对那个吻本身的描绘。在她的脸颊被他的嘴碰触的地方，有一个凹陷，仿佛那柔软的脸颊是一个软垫。弗拉戈纳尔似乎是出产较少的那一类画家，但在艺术领域还有其他的例子可以证明，流传千古的杰作并不需要数量上的积累，而是取决于充沛的生命体验，取决于那些会被遗忘、但后来又会被人们重新喜爱的东西，那些可能时常被唾骂的东西，或许正因如此，才会在未来留下更深刻的影响。

吻（三）

那时还没有铁路，中央供暖这种讲究的东西还没被发明出来。人们对煤气灯闻所未闻。当暮色四合，舒适的房间和宏伟的大厅里总会点起蜡烛。街道上没有路灯，或是只有稀疏几盏。夜幕降临，在长达许许多多个小时里，小镇会陷入一片黑暗，路上的行人彼此像陌生人一样走来走去，除非他们拿着火把，好让别人能认出自己。人类离用上电还有一段距离。高等教育机构对这位侍童来说完全是个谜——我想在此聊聊他，还请各位读者应允。他如今只活在一幅创作于一百多年前的不朽画作当中。正是因为这幅画，才有了我这些或单薄或丰满、或直白或巧妙的文字。当然，我无从得知它们会被善意还是不善地解读。一篇散文会产生什么样的效果，创作它的人是无法事先判断的。画中描绘的小伙子颇讨——至少我愿意这样认为——某位管家的欢心，这位管家认为把注意力都放在虔诚的效用上是理所应当的。也许在这方面，他的行为有一点儿虚伪。无论如何，他从未踏足过电影院，因为当时这类设施还不存在。也没有任何居民亲眼见过在空中呼啸而过的飞行机器。他几乎没有什么零用钱——也许他从未有过这样的念头，即相信人在看到大自然时会心生种种感触，风景一类的事物竟能勾人心魄——他开始向一个厨房女佣求爱，他的追求是如此热烈，我的意思是说，如此正儿八经，让这个浑身散发着玫瑰花香的少女感到很有趣，她认为他很成熟，因为有一次她见到他在看一本好像是通俗读物的书。当他从宅子的某扇窗户向外望去，他看到行人，还有货车和马车驶过。工人们带着物件或工具穿过街道，漂浮的云彩让他想起了乡间的漫步和旅行。同时，他隐约感到宅子的女主人，这位令他惊艳的美人，时不时地向他所在的方向投来关切的目光。随她心情使然，她对他的态度时而友好，时而难以亲近。他间或写一封信，在信中努力表达一些愉快的情绪。小鸽子在屋顶上飞翔。在那时，没有人会想到要打电话给某人，即便是全国最尊贵的显要人物也从未见过什么是电报。在海上——这他倒是有所了解——航行的船只来来往往。印

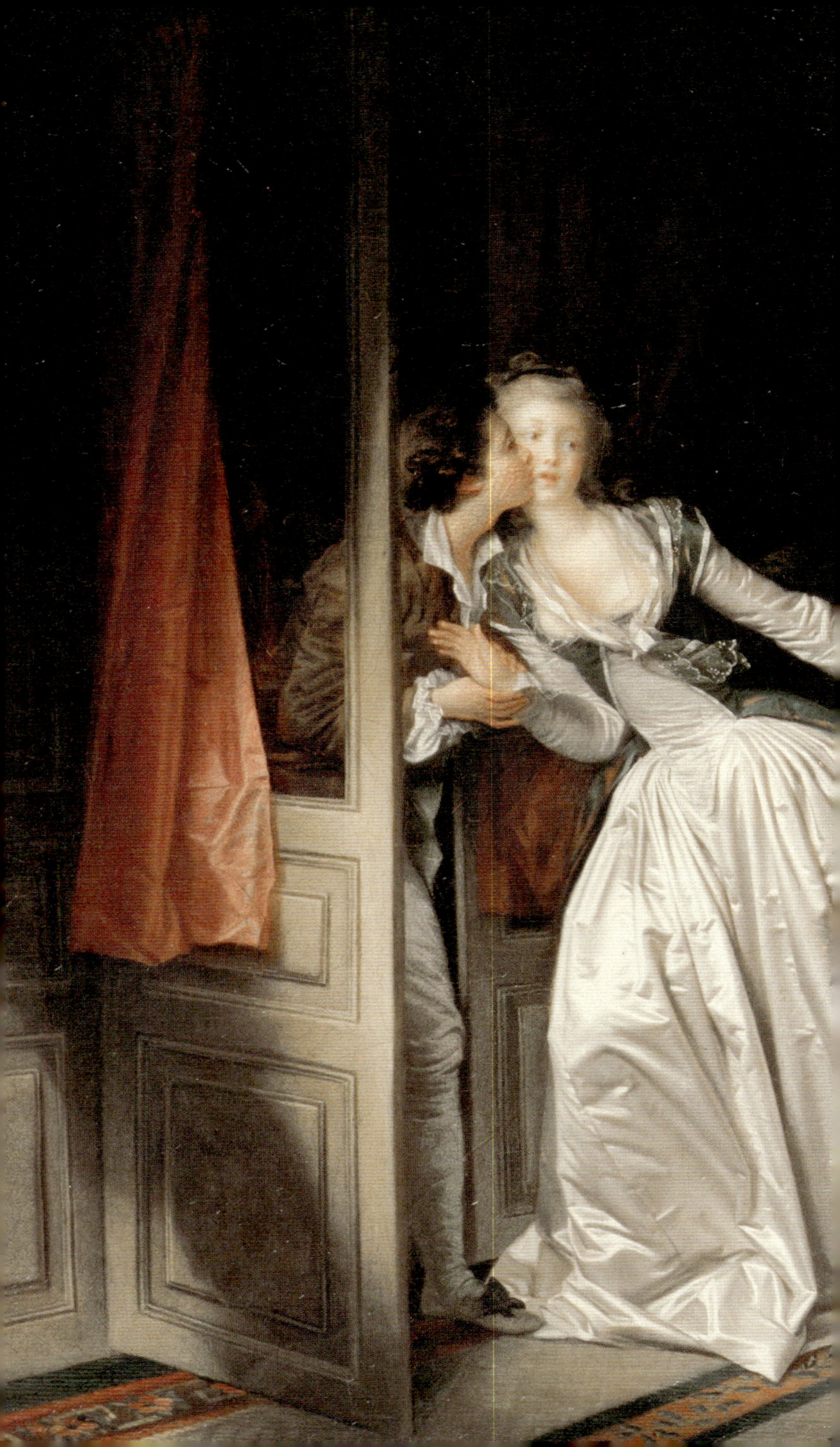

让-奥诺雷·弗拉戈纳尔
《偷吻》 | 约 1787 年

度和美利坚在某个其他的地方。在剧院里，意大利演员会上演歌剧、戏剧或喜剧，目前为止他只看过一部。无疑，他已经播撒过很多的吻了，因为他很英俊，而有魅力的人在引人爱慕这方面向来没什么困难。厨房里的那位小美人有好几次都在用眼神责备他的不忠，但他知道，忠贞既不能给人带来什么前途，也不能确保他收获赞赏。因为他看起来既冷漠又讨人喜欢、既自负又心胸宽广，所以她想要被他亲吻。于是有一天，这位女士向他——我不知道这发生在什么时候，但也丝毫不重要——献上她的脸颊，她瞧了瞧周围确保无人窥见，以享受那最温柔的爱抚。

关于一幅画的探讨

这幅画所描绘的内容似乎有点儿伤风败俗。

但有时,道德约束的松动难道不也很优雅吗?

这个类别所包含的首先是美丽的女人,其次是"误入歧途"的女人,诸如此类。

我正在观瞧的这幅画的主题,似乎就是这些"歧途"的集大成者,它看上去是倾注了超凡的细致、谨慎、精确、才智和曼妙而画成的。

就某些方面而言,这幅作品必定是无价之宝,它作于 1870 年代,那是龚古尔兄弟的时代,埃米尔·左拉的辉煌时期。正是在那个年代,福楼拜写出了他的《情感教育》(*L'Éducation sentimentale*),众所周知,其中就有一位名叫阿尔努夫人(Madame Arnoux)的细腻敏感的女士。

这幅画中的女人可能就会让人联想到阿尔努夫人,于是自然而然地想到她的情人弗雷德里克,后者曾在巴黎的一家百货公司给她买了一双你能想象出的最可爱、最秀丽的拖鞋，以遮盖她那双漂亮的纤足。

我们面前的这个女人似乎很机灵，同时也非常感性，她梳着那个时代典型的发型，坐在桌前，仔细打量着一面椭圆镜——也可以说是一面梳妆镜——当中的自己。桌面上铺着一张绣毯。我们也可以把这块遮盖桌面的东西称作桌布，此刻必须要指出，这块桌布绘制得纤毫毕现，它几乎是在微笑，在流露喜色；接下来我们不妨说，这位女人的坐姿是相当好画的。最重要的是，她的衣服展现出某种富有仪式感的繁复皱褶，值得我们以"美哉！"这样的赞叹来献上敬意。

很高兴我想到这样的说法，现在我可以提一提房间的墙纸了，这个房间看上去是欧洲大都市中曾经随处可见的那种房间，我们的祖母们在那会儿还是蹦蹦跳跳的小女孩，到处破坏家庭教师定下的规矩。若是说这墙纸是淡绿色的，也可称得上是相当有道理，而如果此时，在桌布底下，一个有着玫瑰色发光小翅膀的小天使四肢着地，在打磨得光溜溜的地板上爬行——这个现象或许有它的事实基础，而这事实我们自然是不赞成的。这是年轻、幼小、冒失的爱神在看着我们，表情充满了不负责任。那个正在思忖——自己的美貌是否还能承受住潜在的评判目光——的人，感受到了他的存在。好在她似乎并无所谓。她的乐观和平静让我们很是欣慰。此时此刻，她的爱人也许正坐在某辆出租马车上与朋友聊天，甚或与某个偶遇的美人交谈。

我们已经仔细观察了一个房间、一个女人、一面镜子、一张盖着桌布的桌子、墙纸和一位神祇，现在还得注意其中的一幅画中画：一位绅士的画像，但只有一半可见。有人大概觉得自己有资格推断这是她丈夫的画像，而画像被半扇门遮掉了一半，这似乎可被解读为妻子只是在半心半意地思念她的丈夫。她的一双娇媚纤足扭扭捏捏、躲躲闪闪地从宽大的裙摆下露出来，穿着一双想必是当时时髦式样的鞋子，与我们刚才所说的有关她在婚姻忠诚度上的分心正相符合。她小声地问自己："他会在哪儿呢？"这话所指不是她丈夫——他现在不过是她灵魂中的一个影子——而是正像一个快乐的漫游者一样，大步踏过她那蓝色软垫铺就的心间的那个人，她的心此刻也许正在默默欢呼，在黎明的波涛中荡漾。她的丈夫此时栖身于她情感的暮色里；而她为其顾影自忖的那个人却安居在光明中。

无论如何，他出色地使她焕发勃勃生机，考虑到这一点，我们大概可以为这桩不大不小的丑闻开脱，认为其情有可原。

既然事情大概就是我以上描述的样子，我也该离开这幅画了，想必我已经不失优雅地为各位展示了它。

关于塞尚的随想

其体积感的缺失——若是你特意关注这一点的话——是显而易见的;但其着意之处是轮廓,是一种可能经年累月的对绘画对象的琢磨。比方说,这个人会凝视着这些既普通又奇特的水果,看上好一阵子;他专注于它们的模样,那紧致地包裹着它们的表皮,它们的存在中奇异的平静,它们欢笑的、发光的、亲切的样子。他大概会对自己说:"它们没法意识到自己的用处和美丽,这不是很悲惨吗?"他多想把自己的思想告诉它们、灌输给它们、传递给它们,因为它们无法对自身有任何认识这件事让他很是惋惜。我敢确信,他曾经为之痛惜过,然后又感到自怜,长久以来,他都不明白这到底是为什么。

他希望去想象,连这块桌布也有它自己独特的灵魂,而每一个这样的愿望都立刻成真了。黯淡、洁白、谜一般纯洁——它就这样地横陈于此:

保罗·塞尚（Paul Cézanne）
《穿红裙的塞尚夫人》 | 1888—1890 年

他走到它跟前，把它弄皱。它让自己被触碰的方式，竟与那触碰它的人所喜欢的方式完全一致！他大概是对它说话了："活过来吧！"与此同时我们不要忘记，他有足够的时间来进行那些古怪的尝试、练习、闹着玩儿的试验和研究。他有幸拥有一位妻子，可以把柴米油盐和家政琐事毫无顾虑地托付给她。他似乎把她看作一朵巨大的、美丽的花儿，这朵花从不会张开嘴唇——她的花萼——吐出任何一个字的怨言。噢，这朵花儿啊，她把对他的一切不悦都藏在了心里；我想，她真是一个温良的奇迹，她对她丈夫的特立独行和谨小慎微的容忍与天使无异。后者对她来说是一座魔法宫殿，她放任它、赞许它，从不以任何明嘲暗讽去侵犯它，她对其不以为意，同时却也尊重它。她会告诉自己："这些都是与我无关的事情。"因为她从不干涉她伴侣的"书生气"——他的抱负在她眼中常常就是这样——毫无疑问，她是有人情味，或者说是有品味的。他花费数小时或数天时间，致力于让显而易见的事物变得不可理解，为简单易懂的东西找到不可解释的依据。对他而言，轮廓是某种谜样事物的疆界，久而久之，由于无数次沿着这些轮廓精确地游移，他练就了一双随时伺机而动的眼睛。他在整个寂静的一生中都在无声地，或者有人可能想说，崇高地为改造山峦而战斗，这也可以被具体描述为，改造山之框架。

其意义在于，打个比方，让一片区域因群山而变得更广阔、更丰富。

他的妻子似乎常常想要说服他，让他放弃这种甚至有些可笑的艰苦战斗，去别的地方走走，不要一直沉浸在这种奇异而单调的任务中。

他回答说："好啊！能麻烦你帮我打点行装吗？"

她照办了，然而他并没有去旅行，而是留在原地，也就是说，他去旅行了——再次围绕着他所描绘、他所重塑的躯体的疆界环游，而她呢，把她精心打包好的东西再次轻柔地、带着些思虑地从篮子或是箱子中拿出来，一切如同旧日，而这位梦想家一次又一次地让这旧日获得新生。

你可能会注意到一个奇怪之处：他看他的妻子就像看摆在桌布上的水果一样。对他来说，他妻子的外形、她的轮廓，就像花朵、杯子、盘子、刀叉、桌布、水果、咖啡杯和咖啡壶的轮廓一样简单，因而也一样复杂。一块黄油对他来说，就和他妻子衣服上微妙的褶皱一样重要。我自知此处的表述不甚完整，但我想，这种不事雕琢的措

保罗·塞尚
《有苹果的静物画》 | 1895—1898 年

辞自有光辉闪现其中，读者借此仍然能够理解我的意思，甚至会理解得更好、更深刻，当然，我原则上对任何形式的草率都感到遗憾。他始终是那样一种活在自己画室世界中的人，自然容易招致那些来自家国情怀角度的攻击。人们几乎会相信他是个"亚洲人"。亚洲难道不才是艺术、灵性等这些最为奢侈的事物的家乡吗？若是以为他是个不好美食的人，那多半就误会他了。他喜欢吃水果，就像他喜欢研究它们一样；他觉得火腿之美味，足与其形状和色彩之"美妙"以及其存在之"非凡"相媲美。当他饮酒时，也会惊讶于口舌之中的愉悦——尽管我们对此不应作出过于夸张的评论。他把酒也转化进了艺术塑造。他在纸上施展魔法，让纸上的花儿们尽情以其植物的摇曳姿态颤抖、欢呼、微笑；他关注的是花儿们的肉体，是栖居在奇特造物不被理解的秘密中的精神。

他所描绘的一切事物都彼此联姻，如果我们认为可以用音乐性来谈论他，那这种音乐性正是源自他丰富的观察，源于他向每一个事物征询和争取它们的同意、让它们为他袒露自己的本质，以及最主要的——源于他无论事物的大小，都将它们纳于同一座"圣殿"里。

他所琢磨过的东西变得意味深长，他所塑造出的东西看着他，仿佛为此感到幸福，而且，直到今日，它们还在这样看着我们。

我们有理由坚信，他把自己双手的柔软和顺从，利用到了精进不倦的极致。

文章来源

《一位画家》

最初发表于 1902 年 7 月 / 8 月的《联邦报》(*Der Bund*) 的文学副刊《联邦周日报》(*Sonntagsblatt des Bund*)。这篇短文后来被收录于瓦尔泽出版的第一本书《弗里茨·科赫尔随笔集》。

《〈阿波罗与戴安娜〉》

最初发表于 1913 年 12 月的《德意志月刊（莱茵兰月刊）》(*Deutsche Monatshefte [Die Rheinlande]*)。

《梵·高的画》

最初发表于 1918 年 5 月的《新苏黎世报》(*Neue Zürcher Zeitung*)。

《关于梵·高〈阿尔勒的女人〉》

最初发表于 1912 年 6 月的《艺术与艺术家》杂志。

《〈一位女士的肖像〉》

最初发表于 1915 年 9 月的《瑞士大地》(*Schweizerland*)。

《〈梦〉（一）》

最初发表于 1913 年 8 月的《未来》(*Die Zukunft*)。

按照瓦尔泽作品的版本惯例,标题中的大写数字表示他以同一标题写了不止一篇文章。

《水彩画》

最初发表于 1925 年 1 月的《日记周刊》(*Das Tage-Buch*)。

《霍德勒的山毛榉林》

最初发表于 1925 年 12 月的《布拉格新闻》(*Prager Presse*)。

《比利时艺术展》

最初发表于 1926 年 8 月的《布拉格新闻》。

《勃鲁盖尔的画》

最初发表于 1927 年 5 月的《布拉格新闻》。

《灾难》

写于 1928 年或 1929 年,在瓦尔泽生前从未发表过。

《扫罗与大卫(二)》

1919 年 3 月发表于《白页》(*Die Weißen Blätter*)。

《迪亚兹的森林》

写于 1924 年 9—11 月,在瓦尔泽生前从未发表过。这篇短文和此书中所有以正文第一行为标题的文章一样，都仅以微写本草稿的形式存世。但作为一个特例，本文是瓦尔泽为其取好标题的少数几个微写故事草稿之一。

《艺术家》

1921年9月发表于《艺术与艺术家》。

《奥林匹亚》

最初发表于1925年11月的《布拉格新闻》。

《来吧，可爱的、崭新的、清新的、美丽的关于一位画家的故事》

写于1924年10月或11月，在瓦尔泽生前从未发表过。原文仅以微写本草稿形式存世，按照微写本文字的惯例，将其第一行作为标题。

《画家卡尔·施陶费尔－贝恩生命中的一幕》

最初发表于1927年10月的《新评论》(*Neue Rundschau*)。

《除众多题材之外，他还画了他的女主人》

写于1925年5月或6月，在瓦尔泽生前未发表。仅以微写本草稿形式存世。

《比亚兹莱》

最初发表于1926年7月的《布拉格新闻》。

《华托的一幕短剧》

写于 1926 年,发表在一本不知名的杂志上。

《华托》

可能写于 1930 年左右,在瓦尔泽生前未发表。

《弗拉戈纳尔的一幅画(草稿)》

可能写于 1927 年夏天,在瓦尔泽生前未发表。

《吻(三)》

可能写于 1930 年左右,在瓦尔泽生前未发表。

《关于一幅画的探讨》

1926 年 7 月发表于《布拉格新闻》。

《关于塞尚的随想》

于 1926 年 5 月提交出版,1929 年 3 月首次发表于《布拉格新闻》。

译后记

想要"系统地"介绍罗伯特·瓦尔泽（Robert Walser，1878—1956）是困难的，他本人与他的写作一样，似乎一开始就选择了拒绝被"系统"化。在卡尔·塞里希（Carl Seelig）陪伴他散步、得以记录下与他的谈话之前，他在五十多年间至少搬过八十次家，但他在这八十个地址之间留下的痕迹，除了少量书信，几乎没有任何详细的同时代记述可查。他生来了无牵挂，走时一无所有。然而，他与这个世界的联系有多么脆弱而模糊，他在其作品中透露的自我就有多么详尽，甚至详尽得无情。可以说，瓦尔泽是字面意义上"在写作中生活"着的人，他丰富的生活体验不断地与他的写作交织（他曾称之为"生活的平行性"）。他在作品中自我剖析、自我表白、嘲弄自己、赞美自己、质问自己，一直深入到最冷酷的精神分析师也无法触及的领域。他的自我观察是如此有侵略性，以至于他有时会突然转向一种防御性的伪装，以复杂、隐晦，充满比喻、反讽和顾左右而言他的叙述，将自我包裹在修辞和意象的谜团里。这种坦诚与神秘化并举，在"自我隐藏和自我揭示"之间不断摇摆的"自传式虚构"（Autofiktion）*正是瓦尔泽一生精心经营的标志性叙事，也是他在长期面临外界和内心的巨大苦难与黑暗之下被迫选择的生存方式。"我总是竭力让自己看起来像我所不是的那个人，而这在我脸上一目了然。"于是当他离开这个世界时，几乎没有留下任何有关自己的证据，只有这些最忠实地背叛着他的"传记"。在1921年的短诗《字母表》（Alphabet）当中他写道："I，让我跳过它，因为这就是我自己。"

在这些散落的"自我之书"当中，包含瓦尔泽已出版的十五本书，以及发表在六十多本杂志、选集或年鉴和四十多份日报上的一千多篇散文、诗歌、剧本；除此之外，瓦尔泽生前未发表的钢笔誊写本短文草稿，以及未经誊写的铅笔微

---

* Bernhard Echte, Etwas wie Personenauftritte auf einer Art von Theater. Bemerkungen zum Verhältnis von Biographie und Text bei Robert Walser. In: *Runa. Revista portuguesa de estudos germanísticos*, No. 21 (1994), pp. 31-59.

缩本短文草稿合计多达约一千份，可见文艺副刊（feuilleton）在他创作发表中的比重是非常可观的。这本"观画录"中收录的，绝大多数正是来自瓦尔泽作为一位"副刊作家"的创作结晶。虽然它们篇幅不长，却非常完整地体现了瓦尔泽独树一帜的语言风格和洞察力。这种副刊小品的体裁和瓦尔泽的写作方式，可以说是"互相选择"的结果。报纸副刊这一形式诞生于19世纪初，在历史上，它被认为延续和发展了一种社会对话的形式，推动了资产阶级艺术公众领域的成型[*]。为了增进读者对报纸的忠诚度，副刊致力于通过营造一种口语化的亲近感来消解新闻版面的冷酷，与读者建立一种更有温情、更个性化的亲近关系。从某种角度来说，副刊为现代文学开辟了一个回归口语性的方向。瓦尔泽从1906年左右开始大量为报纸期刊供稿，这种口语化和"闲谈"式的风格也逐渐成为瓦尔泽写作的一大特征：他直接呼唤和询问读者，把读者想象成他面前的一位听众——往

---

[*] Hildegard Kernmayer, Gattungshistorisches und Gattungstheoretisches zur Frage: Was ist ein Feuilleton? In: Sigurd Paul Scheichl (Hg.): *Feuilleton – Essay – Aphorismus. Nichtfiktionale Prosa in Österreich.* Innsbruck 2008, pp. 45-66.

往是一位女性听众。他对这个想象的听众娓娓而谈，表白心迹，忽而又意识到自己似乎透露得太多，于是匆忙转移话题。他时而也放任这倾诉的语流信自潺潺，仿佛他自己也想看看，它到底打算流向何处。W. G. 塞巴尔德（W. G. Sebald）曾说瓦尔泽的散文有种"一读就溶"的趋势，"他脚踏实地，却总是迷失在云端"。因为他的遣词造句就像推倒了一块多米诺骨牌，引发一系列令人惊叹的反应。它们铺陈出的意象或是触发的戏剧性，与游戏的开头似乎已经毫无关系，但一切却正是以天衣无缝而又出人意料的方式和逻辑串联在一起，阅读他的文字，仿佛走入一座移步换景的花园。德语的关系代词系统允许作者建立非常复杂的从句结构，为这种叙事方式提供了极大的便利，让瓦尔泽可以信笔引入一个又一个不期而至的印象和梦境，搭出一层套一层的语言楼阁，将这样一间精巧的楼阁安放在无心的"顺便一说"的末端，又或是用一连串夸张的动词分词组合在宁静的句子中央制造出激烈的湍流。他像是一个散步时会忍不住去追逐蝴蝶于是误入林木深处的孩童，但他总能耐心地找回来路，并且精确地描述出蝴蝶翅膀的纹样，草木葱茏几何。在这一点上来说，瓦尔泽的写作是绘画式的：你往往想不到，一个画家可以从哪里开始，打算如何继续；他接下来会涂抹掉刚刚画好的那只花瓶，还是在里面再添上几枝花儿？对于一幅已经完成的画来说，这些也许并不重要，最终留下的似乎都是唯一且必然的选择。但瓦尔泽的写作把那些最终汇聚成必然的偶然——呈现了出来，就像一幅透露出时间维度的绘画。瓦尔泽自己也曾说，"书写似乎源于绘画"。在翻译过后，中文的语法和语言结构注定了无法忠实地还原瓦尔泽德语原文中的某些巧思与张力，但以瓦尔泽的性子，想必他对于这样的"再造"也会抱以不失好奇的宽容吧？

瓦尔泽作品在思想和语言上令人叹为观止的多样性，也得益于他从 1920 年代开始频繁使用的独特的双系统写作方式，即先用铅笔以极小的字体在日历、车票之类的废弃纸页边角撰写草稿，然后作为自己的编辑，从中筛选或组合出他认为可以提交出版的内容，并以钢笔誊写为易于阅读的正式稿件。塞里希及伯恩哈德·埃希特（Bernhard Echte）等人穷尽二十余年之力尝试破解、发掘、整理的，正是瓦尔泽从未示人的这一片浩瀚的"铅笔领域"。这是只属于他自己的高度私密的写作空间，在他和假想的听众之间没有任何阻隔与滤镜。在写给作家、批评家马克斯·莱希纳（Max Rychner）的信中，瓦尔泽曾表明，他之所以采用这种工作方式，与他自己意识到的心理问题有关。这也部分解释了，他为何要使用这种异常微小的字迹：由于强烈的自我怀疑，写作这一活动对他而言已经变得异常痛苦，这种面对写作的踌躇和抑制，甚至已经在身体层面影响到他。而借助这一双系统写作方式，他可以用几乎等同于说话的速度迅速记下自己的想法，从而保护自己免受令他窒息的怀疑和自我批评。也许，绝对的自发性始终是他创作的前提，但自从柏林时代结束（1912年）后的危机以来，他只能通过将创作行为（即不假思索地飞速记下草稿）与需要耐心的劳作（即誊写、润色）相分离——也就是让自己扮演双重角色——来维持这一自发性不受干扰。微缩的小字体也可以被视作一种自我表达，一种对瓦尔泽自己提出的"要变得渺小"的社会道德理想的反映。*

---

* Jochen Greven, Editorische Notiz [1972]. In: *Robert Walser: Der "Räuber"-Roman*. Aus dem Nachlaß hg. v. Jochen Greven unter Mitarbeit v. Martin Jürgens. Frankfurt a. M. 1977, pp. 131-135.

与其说瓦尔泽对于艺术抱有格外的兴趣，不如说艺术是他热衷观察的对象之一，就像他热衷观察自然、观察人类一样。但对于艺术的观察，的确在他的生活与写作当中占据过独特的地位，这离不开一个人的影响，这个人是他一生中保持过长期密切联系的极少几个人之一：他的哥哥，艺术家卡尔·瓦尔泽（Karl Walser，1877—1943）。罗伯特在1901年之后几次前往柏林，都是在兄长的屋檐下受其照拂。而在柏林度过的这将近十年，也是罗伯特创作生涯中重要的转折期。在1915年发表于《小诗选》（*Kleine Dichtungen*）的一篇短文里，罗伯特曾以一种忧郁而充满向往的方式描述了他与哥哥在柏林的生活：

"对我来说，这间寓所好像总是一个充满了星星、月亮和云彩的天堂。[……]哥哥在剧院通宵忙于装饰工作。[……]那张深色的办公桌如此古旧，就像一个老魔术师。当我打开它精雕细琢的一个个小抽屉时，我想象着句子、词语和箴言会从里面蹦出来。[……]我记得，当我动笔写这本书时，一开始笔下只有些绝望地拼凑起来的文字，各种漫不经心的草绘和涂鸦。——我从来不曾奢望自己能够完成任何严肃的、美丽的、好的东西。"时间的手指摆弄历史天穹上的星辰时，常常会有任性之举。一个世纪后的今天，罗伯特·瓦尔泽的地位，早已远远不仅是一个"能够完成严肃的、美丽的、好的东西"的作家，而当时那位炙手可热的画家和舞台布景师卡尔·瓦尔泽，却已经被世人遗忘了。

但暂且回到那个罗伯特仍然将哥哥的公寓视为天堂的时代罢。在从仆人学校离开，结束了在丹布劳城堡（Schloß Dambrau）短暂的侍从工作后，罗伯特于1906年再次回到柏林，此时卡尔刚刚凭借《霍夫曼的故事》的舞台设计取得了辉煌的成功。他成为各种名流聚会的座上宾，也会带着自己的弟弟一同前往，罗伯特就是这样认识了出版商塞缪尔·费舍尔（Samuel Fischer）和布鲁诺·卡西勒（Bruno Cassirer），后者陆续出版了罗伯特1907—1909年在柏林完成的三部小说：《坦纳兄妹》（*Geschwister Tanner*）、《助手》（*Der Gehülfe*）和《雅各布·冯·冈滕》（*Jakob von Gunten*）。与此同时，罗伯特也开始为当时大量涌现的杂志期刊写一些"小东西"，以便"透一透气，这是完成更大的作品所必需的"。而正是发表在譬如《看台》（*Schaubühne*）这样的新锐文艺杂志上的文章，让瓦尔泽为更广泛的读者所知——比如远在布拉格的卡夫卡。来自德语世界各种期刊的邀稿纷至沓来，包括塞缪尔·费舍尔的《新观察》(*Neuer Rundschau*)、布鲁诺·卡西勒的《艺术与艺术家》(*Kunst und Künstler*)、胡戈·冯·霍夫曼史塔（Hugo von Hoffmannsthal）的《晨》(*Morgen*)、马克西米利安·哈登斯（Maximilian Hardens）的《未来》(*Zukunft*)、海因里希·伊尔根斯坦（Heinrich Ilgenstein）的《蓝书》(*Blaubuch*)，以及《痴儿》(*Simplicissimus*)等。仅仅1907年这一年，罗伯特已在现代主义文学的几处重要阵地崭露头角。

然而，就和所有不得不靠艺术来谋生的艺术家一样，创作者也必须是左右逢源的交际能手，当时的柏林更是无数野心家的乐园。作品只是一块敲门砖，大门打开之后，还要面对一系列地位斗争和建立同盟的挑战。在卡尔对这一系列游戏规则如鱼得水时，罗伯特却感到这一切与自己的创作和生活理念格格不入。重回柏林初期的成功只是一段短暂的辉煌，而要继续努力融入这样一个世界，同时不背叛自己纯真的创作自发性，这对于罗伯特来说几乎不可能。他长达几个月无法工作，常常"为了一个必须走完从脑子到纸面之间这段漫漫长路的词而弓腰苦坐几个小时"。在一篇题为《柏林与艺术家》("Berlin und der Künstler")的散文中，瓦尔泽写道："这座国际都市充斥着可怖的孤独，任何想吃上这道佳肴的人都能在这里吃个饱。"在与周遭世界孤军奋战的过程中，瓦尔泽的艺术理念变得愈发激进，甚至时常爆发出对当时文学精英的羞辱言论，使得他几乎被彻底排斥在了柏林的社交圈之外，乃至影响到了他的基本生存。柏林三部曲的最后一部小说、灵感源自其在仆从学校的经历的《雅各布·冯·冈滕》出版后，遭遇了可以预见的惨败。1910年中期，瓦尔泽在柏林斯潘道伯格1号的老房子里租下一间斗室，女房东谢尔（Scheer）夫人自己也是个孤独的女人，从事的却是柏林当时最欣欣向荣的行业：地产。她注意到了瓦尔泽已显现危机的抑郁状况，并向他伸出了援助之手：瓦尔泽成了一名秘书，帮助谢尔夫人打理经营和日常事务。然而在1912年谢尔夫人去世后，瓦尔泽再次陷入绝境。卡西勒早已与他不再往来，一时也找不到其他能够立刻建立联系的出版商。在与彼时已经结婚的哥哥卡尔短暂相处后，两人在生活方式、价值认同和艺术理念方面的差异显然已经无可弥合。最终，瓦尔泽于1913年2月中旬回到了瑞士，从此开始了余生居无定所、物质匮乏、精神逐渐走向崩溃的生活，柏林那扇"天堂"的大门再也没有为他打开过。在他被转入黑里绍精神疗养院时，哥哥甚至拒绝了为他支付一部分费用的请求。晚年，在塞里希转告瓦尔泽关于哥哥去世的消息时，他除了"So！（嗯！）"之外，没有再多说一个字。

然而，卡尔对罗伯特的影响是深远的：罗伯特的第一部小说是在卡尔充满艺术气息的创作环境下写出的；视觉艺术的创作过程也潜移默化地被消化到罗伯特的写作方式当中；长久地浸淫于视觉艺术当中，训练出了他独特的观察力和理解力；视觉艺术与文学（也体现为画家和诗人角色）的并置、比较甚至对立，也是贯穿罗伯特一生从《坦纳兄妹》到《强盗》等众多作品的线索。因为卡尔，罗伯特得以在20世纪初的文化艺术中心亲历艺术史上最具张力的变革和最激烈的新旧观念更替：在自由舞台（Freie Bühne）支持下，豪普特曼（Gerhart Hauptmann）与易卜生（Henrik Ibsen）的戏剧掀起了自然主义和现实主义的革命；1899年，马克斯·利伯曼（Max Liebermann）和瓦尔特·莱斯蒂科（Walter Leistikow）等人效仿维也纳，创立了柏林分离派（Berlin Secession），与皇帝威廉二世青睐的历史主义与新古典主义艺术公然对抗，吸纳了凯绥·科尔维茨（Käthe Kollwitz）、马克斯·贝克曼（Max Beckmann）、爱德华·蒙克（Edvard Munch）、马克斯·斯莱沃特（Max Slevogt）等一大批"离经叛道"的艺术家，卡尔·瓦尔泽也是其中一员；1910年之后，在"蓝骑士"（Blaue Reiter）出现在慕尼黑的同时，柏林也随着"桥社"（Die Brücke）艺术家如基希纳（Ernst Kirchner）、卡尔·施密特－罗特鲁夫（Karl Schmidt-Rottluff）等的到来，成为德国表现主义艺术的中心。罗伯特正是这一切风起云涌的见证者，也亲自结识了许多风暴中心的艺术家，亲眼观赏了矛盾尖端的众多画作。本书中谈到的梵·高和塞尚的作品，就是他于1909—1912年在保罗·卡西勒（Paul Cassirer）组织的几次分离派展览上看到的。然而，因罗伯特在自己没有"通过柏林的考验"的同时，见证了卡尔如何成长为"完完全全的成功人士"，看到了卡尔如何借助社交甚至婚姻来推广自己的艺术、如何处理世俗成功和艺术理想之间的关系，他对哥哥逐渐产生出了抗拒和反感，这也使得他后来有意识或无意识地在艺术品味方面流露出与哥哥相斥的态度。这种倾向在这本文集当中也得到了鲜明的体现：与哥哥对新潮流的追逐和拥抱相反，罗伯特更倾向于欣赏先辈艺术家，或是当代知名艺术家不那么典型的作品——这并不是说他的品味是局限或保守的，因为事实上他对传统作品的欣赏与解读往往超越了作品本身，有时甚至相当革新；而哥哥在与女性相处方面的成功，或许也让内向的罗伯特感到了一种羞辱。这种在事业和情感方面显示出自信和优越的"画家"角色出现在了诸多作品当中，而在这种底色之下，也产生了罗伯特对于女性形象非常个人化的观察和描绘。

瓦尔泽大多数的艺术写作，是在仅仅看到复制品，或是在看到一件原作、一个展览之后的一段时间，甚至很长时间过后，凭借记忆而写的。虽然瓦尔泽偏爱也擅用艺格敷词来评述画作，但阅读他的文字所得到的印象与其说是画作本身，不如说是瓦尔泽的思想在触碰到这些图像时所折射出来的虹光。画本身有时候是重要的，瓦尔泽会花很长时间一寸一寸地打量它，而且往往会看到那些最容易被人忽视的地方：基督受难场景背后的一株小树，画面边缘的一群羊，梵·高画中一抹流动的红色。画本身有时是可以忽略的，他仔细走遍了美术馆的每一个展厅，但是只想跟你说一说他失败的爱情，瑞士的历史，他的梦；就像勃鲁盖尔（瓦尔泽对他似乎也颇为偏爱）画笔下的伊卡洛斯一样：在那个艺术史上最著名的灾难之一发生的一瞬，世界上还有无数事情在发生，对每一个个体而言，眼前都有他自己的生命在展开，有他在意的风景有待观看，在这千百个生命的故事里的某一秒，伊卡洛斯坠入了海中——那又有什么要紧呢？

瓦尔泽对绘画如此任性的文学转述，正是他对诗画之辩的回应：文学有着任何其他艺术形式都不可替代的内在价值，文字是可以再造图像的，但再造并不意味着复制。如果说他在《一位画家》当中以画家之口说出了画家可为而诗人不可为之事，那么这整篇文章，甚至整本文集都以其自身嘲弄了这位"画家"。在这一点上看来，瓦尔泽对绘画的理解既有其局限，也有其超越性：局限在于，他认为绘画这一媒介的终极成就，在于对自然存在之物的写真与唤起忠于它的情感；而超越性在于，他看到了绘画这一必然性表象背后隐藏的无数"歧路"，看到了每一件作品中"纯粹人性的东西"，并且胆敢以同样纯粹人性的方式，不惜将自己指尖的血滴入其中，以文字再造它们。他看到了在一个生命面对另一个生命以其灵魂的真诚创造出的杰作时，在一个艺术家必须也只能以自己拥有的唯一工具去面对另一方手中唯一的工具时，他只能也必须在笔尖之下交出自己。而他也看到了，在这种永恒的对峙中，两种艺术可以彼此接近的极限之间仍然留有空隙，需要用超越两种工具的方式去弥合。在一篇从未发表的微缩文本中瓦尔泽写道："诗人抬眼向墙上望去，仿佛那不朽的画面就近在眼前，他的想象已经让他对这画作如此熟悉，于是他继续写了下去，不用一词一句地写着，一直深入那无人理解的夜里。"

陈思然于柏林

图书在版编目（CIP）数据

观画：瓦尔泽艺术札记 /（瑞士）罗伯特·瓦尔泽
(Robert Walser) 著；陈思然译. -- 上海：上海社会
科学院出版社，2024. -- ISBN 978-7-5520-4529-1

Ⅰ. I522.65

中国国家版本馆 CIP 数据核字第 2024QG2179 号

拜德雅·艺术小书

观画：瓦尔泽艺术札记
Vor Bildern

著　　者：	[瑞士] 罗伯特·瓦尔泽
译　　者：	陈思然
责任编辑：	熊　艳
内文设计：	李若兰
出版发行：	上海社会科学院出版社
	上海顺昌路 622 号　　邮编 200025
	电话总机：021-63315947　销售热线：021-53063735
	https：//cbs.sass.org.cn　　E-mail：sassp@sassp.cn
照　　排：	李若兰
印　　刷：	上海盛通时代印刷有限公司
开　　本：	1194 毫米 ×889 毫米　1/32
印　　张：	5.875
字　　数：	87 千
版　　次：	2024 年 10 月第 1 版　2024 年 10 月第 1 次印刷

ISBN 978-7-5520-4529-1/I·552　　　　　　　定价：58.00 元

版权所有　翻印必究